BIBLIOTECA DE BOLSILLO

El misterio
de la cripta embrujada

EDUARDO MENDOZA nació en Barcelona en 1943 y residió en Nueva York de 1973 a 1982. Ha publicado las novelas *La verdad sobre el caso Savolta* (Seix Barral, 1975), que obtuvo el premio de la Crítica, *El misterio de la cripta embrujada* (Seix Barral, 1979), *El laberinto de las aceitunas* (Seix Barral, 1982), *La ciudad de los prodigios* (Seix Barral, 1986), *La isla inaudita* (Seix Barral, 1989), *Sin noticias de Gurb* (Seix Barral, 1991), *El año del diluvio* (Seix Barral, 1992) y *Una comedia ligera* (Seix Barral, 1996). En colaboración con su hermana Cristina ha escrito la obra *Barcelona modernista* (Planeta, 1989). Es autor de la obra teatral en catalán *Restauració* (Seix Barral, 1990), que él mismo ha traducido al castellano (*Restauración*, Seix Barral, 1991).

Eduardo Mendoza

El misterio de la cripta embrujada

BIBLIOTECA DE BOLSILLO

Cuadragésima quinta edición en
Biblioteca de Bolsillo:
mayo 1999

© 1979: Eduardo Mendoza

Derechos exclusivos de edición en castellano
reservados para todo el mundo:
© 1979 y 1999: Editorial Seix Barral, S. A.
Córcega, 270 - 08008 Barcelona

ISBN: 84-322-3007-3

Depósito legal: B. 25.262 - 1999

Impreso en España

CAPÍTULO I

UNA VISITA INESPERADA

Habíamos salido a ganar; podíamos hacerlo. La, valga la inmodestia, táctica por mí concebida, el duro entrenamiento a que había sometido a los muchachos, la ilusión que con amenazas les había inculcado eran otros tantos elementos a nuestro favor. Todo iba bien; estábamos a punto de marcar; el enemigo se derrumbaba. Era una hermosa mañana de abril, hacía sol y advertí de refilón que las moreras que bordeaban el campo aparecían cubiertas de una pelusa amarillenta y aromática, indicio de primavera. Y a partir de ahí todo empezó a ir mal: el cielo se nubló sin previo aviso y Carrascosa, el de la sala trece, a quien había encomendado una defensa firme y, de proceder, contundente, se arrojó al suelo y se puso a gritar que no quería ver sus manos tintas de sangre humana, cosa que nadie le había pedido, y que su madre, desde el cielo, le estaba reprochando su agresividad, no por inculcada menos culposa. Por fortuna doblaba yo mis funciones de delantero con las de árbitro y conseguí, no sin protestas, anular el gol que acababan de meternos. Pero sabía que una vez iniciado el deterioro ya nadie lo pararía y que nuestra suerte deportiva, por así decir, pendía de

5

un hilo. Cuando vi que Toñito se empeñaba en dar cabezazos al travesaño de la portería rival ciscándose en los pases largos y, para qué negarlo, precisos, que yo le lanzaba desde medio campo, comprendí que no había nada que hacer, que tampoco aquel año seríamos campeones. Por eso no me importó que el doctor Chulferga, si tal era su nombre, pues nunca lo había visto escrito y soy algo duro de oído, me hiciera señas de que abandonara el terreno de juego y me reuniera con él allende la línea de demarcación para no sé qué decirme. El doctor Chulferga era joven, bajito y cuadrado de cuerpo y se tocaba con una barba tan espesa como el cristal de sus gafas color de caramelo. Hacía poco que había llegado de Sudamérica y ya nadie le quería bien. Le saludé con una deferencia conducente a disimular mi turbación.

—El doctor Sugrañes —dijo— quiere verte.

Y respondí yo para hacer la pelota:

—Será un placer —añadiendo acto seguido en vista de que la precedente aseveración no le arrancaba una sonrisa—, si bien es verdad que el ejercicio tonifica nuestro alterado sistema.

El doctor se limitó a dar media vuelta y a caminar a grandes zancadas, comprobando de vez en cuando que yo le seguía. Desde lo del artículo, el doctor se había vuelto desconfiado. Lo del artículo era que había él escrito uno titulado «Desdoblamiento de personalidad, delirio lúbrico y retención de orina», que abusando de su desorientación de recién llegado, dio a la luz *Fuerza Nueva* con el título «Bosquejo de la personalidad monárquica» y con la firma del doctor, lo que le sentó mal. A media terapia daba en exclamar con amargura:

6

—En este país de miércoles hasta los locos son fashittas.

Lo decía así, y no como nosotros, que pronunciamos todas las letras conforme van viniendo. Por todo lo cual, según iba relatando, obedecí sus órdenes sin replicar, aunque me habría gustado haber podido pedir permiso para ducharme y cambiarme de ropa, ya que había sudado bastante y soy propenso a oler mal, especialmente cuando me hallo en recintos cerrados. Pero no dije nada.

Recorrimos el sendero de grava flanqueado de tilos, subimos los escalones de mármol y entramos en el vestíbulo del edificio del sanatorio o sanatorio propiamente dicho, cuya bóveda de cristal emplomado difundía una luz ambarina que parecía conservar el frescor limpio de los últimos días del invierno. Al fondo del vestíbulo, a la derecha de la estatua de San Vicente de Paúl, entre la peana y la escalera alfombrada, la de los visitantes, estaba la sala de espera previa al despacho del doctor Sugrañes, en la que, como de costumbre, no había sino unas revistas atrasadas del Automóvil Club cubiertas de polvo, y, al confín de la sala de espera, la puerta del despacho del propio doctor Sugrañes, una puerta recia de caoba a la que tocó mi acompañante con los nudillos. En un diminuto semáforo empotrado en la jamba de la puerta se encendió una lucecita verde. El doctor Chulferga entreabrió la puerta, metió la cabeza por el resquicio y murmuró unas palabras. Al punto retiró la cabeza, que volvió a colocar sobre sus hombros, abrió la pesada hoja de par en par y me indicó que entrara en el despacho, cosa que hice con cierto desasosiego, pues no era frecuente y sí agorero que el doctor Sugrañes me convocara a su presencia, salvo para la entrevista trimestral, para la que faltaban aún cinco semanas. Y quizá fue mi desconcierto lo que no me permitió advertir, aunque soy buen observador, que había otras dos personas, además del doctor Sugrañes, en el despacho.

—¿Da usted su permiso, señor director? —dije con una voz que percibí temblorosa, un tanto aguda y mal articulada.

—Pasa, pasa, no tengas miedo —dijo el doctor Sugrañes interpretando con su habitual certeza mis inflexiones verbales—. Ya ves que tienes visita.

Tuve que mirar fijamente un diploma colgado de la pared para ocultar el castañeteo de mis dientes.

—¿No vas a saludar a estas personas tan amables? —dijo el doctor Sugrañes a modo de cordial ultimátum.

Haciendo un esfuerzo supremo, intenté poner en orden mis ideas: lo primero que había que averiguar era la identidad de las visitas, sin lo cual sería imposible esclarecer los motivos de su comparecencia y, por ende, evitarlos, para lo cual tenía que mirarles a la cara, pues por simple deducción nunca habría llegado a saber de quién se trataba, ya que no tenía yo amigos ni había recibido visita alguna en los cinco años que llevaba confinado en el sanatorio, habiéndose desentendido de mí mis familiares más próximos, no sin razón. Me fui volviendo, por consiguiente, muy despacio, procurando que mis movimientos pasaran desapercibidos, cosa que no conseguí por tener tanto el doctor Sugrañes como las otras dos personas los seis ojos clavados en mí. Y vi lo que ahora describiré: frente a la mesa del doctor Sugrañes, en los dos sillones de cuero, es decir, en los sillones que habían sido de cuero hasta que Jaimito Bullón se hizo caca en uno de ellos y hubo que retapizar ambos por mor de la simetría de un eskay malva que podía lavarse a máquina, había sendas personas. Describo a una de éstas: en el sillón cercano a la ventana, cercano, claro está, en relación al otro sillón, pues entre el primer sillón, el cercano a la ventana, y ésta quedaba espacio holgado para colocar un cenicero de pie, un cenicero bonito de vidrio que remataba una columna de bronce de como un metro de altura, y digo que remataba, porque desde que Rebolledo intentó partir la columnita en la cabeza del doctor Sugrañes, ambos, la columnita y el cenicero, habían sido retirados y sustituidos por nada, allí, digo, había una mujer de edad indefinida, aunque le puse unos cincuenta mal llevados, de porte y facciones distinguidas, no obstante ir vestida de baratillo, que sostenía, a la manera de bolso, sobre sus rodillas cubiertas de una falda plisada de tergal, un maletín de médico oblongo, raído y con una cuerda en lugar de asa. La dama en cuestión sonreía con los labios cerrados, pero su mirada era escrutadora y sus cejas, muy pobladas, estaban fruncidas, lo que hacía que una arruga perfectamente horizontal surcara su frente, por lo demás tan tersa como el resto de su cutis, en el que no había traza de afeites y sí una tenue sombra de bigote. De todo lo que antecede deduje que me encontraba en presencia de una monja, deducción que, proviniendo de mí, no carecía de mérito, pues cuando me encerraron no era aún corriente, como al parecer fue luego, que las monjas prescindieran de su traje talar, al menos extramuros del convento, si bien, las cosas como son, me ayudó a llegar a esta conclusión el que llevara un pequeño crucifijo prendido al pecho, un escapulario colgado del cuello y un rosario entrelazado en el cinturón. Y ahora describiré a la otra persona o, si se quiere, a la persona que ocupaba el otro sillón, el que está cerca de la puerta según se entra por ésta, que era, como digo, un hombre de mediana edad, aproximada a la de la monja e incluso, pensé para mis adentros, a la del doctor Sugrañes, aunque rechacé la sospecha de que pudiera haber en ello un propósito, y sus facciones algo bastas no tenían otra característica digna de mención que la de ser para mí muy conocidas, ya que correspondían o, con más rigor conceptual, pertenecían al comisario Flores, y cabría decir *eran* el comisario Flores, toda vez que no cabe imaginar a un comisario sin sus facciones o, *mutatis mutandis*, a ningún otro ser humano, de la Brigada de Investigación Criminal, a quien, advirtiendo que se había quedado completamente calvo pese a las pociones y mucílagos que se aplicaba años atrás, dije:

—Comisario Flores, para usted no pasan los años.

A lo que respondió mudamente el comisario agitando la mano ante sus facciones, a las que ya he aludido, como si quisiera decir:

—¿Qué tal, tú?

Y, para colmo, el doctor Sugrañes pulsó un botón de su interfono, el cual había en su mesa, y dijo a la voz que por allí salió:

—Traiga una Pepsi-Cola, Pepita.

Sin duda para mí, ante lo que no pude reprimir una sonrisa de complacencia que mi reserva debió de trocar en rictus. Y, sin más preámbulo, describiré ahora la conversación que allí, en aquel despacho, tuvo lugar.

—Supongo que recuerdas —dijo el doctor Sugrañes dirigiéndose a mí— al comisario Flores, el cual te detenía, interrogaba y a veces ponía la mano encima cada vez que tu, ejem ejem, desarreglo síquico te llevaba a cometer actos antisociales —a lo que respondí afirmativamente—, todo ello, claro está, sin que mediara, bien tú lo sabes, animadversión alguna. Y no sólo eso, sino que él y tú mismo me habéis enterado de que, en ocasiones, habíais trabajado de consuno, es decir, que tú le habías prestado desinteresadamente algún servicio, prueba de, a mi juicio, la ambivalencia de tu actitud de antaño —a lo que asentí de nuevo, ya que por cierto en mis malas épocas no había desdeñado la iniquidad de ser confidente de la policía a cambio de una efímera tolerancia y a costa, en cambio, de concitar la malquerencia de mis cofrades ultra los límites de la legislación vigente, cosa ésta que me había reportado más sinsabores que ventajas a largo plazo.

Convoluto y sibilino, como corresponde a quien ha trepado por la escala jerárquica hasta alcanzar una posición preeminente en su esfera de actividad, el doctor Sugrañes dejó el tema en este punto y se dirigió, oralmente, quiero decir, al comisario Flores, que escuchaba al facultativo con un habano apagado entre los labios y los párpados entrecerrados como si meditara sobre las virtudes de aquél: el habano.

—Comisario —dijo señalándome a mí, pero dirigiéndose al comisario—, está usted en presencia de un hombre nuevo de quien hemos erradicado todo vestigio de insania, logro del cual no debemos

11

vanagloriarnos los médicos, porque, como usted bien sabe, en nuestra rama profesional la curación depende en un alto porcentaje de la voluntad del paciente y en el caso que nos ocupa me cabe la satisfacción de manifestar que el paciente —volvió a señalarme como si hubiera más de un paciente en el despacho— ha puesto de su parte un esfuerzo tan notable que puedo calificar su comportamiento, lejos de delictivo, de ejemplar.

—Entonces —abrió la boca la monja para decir—, ¿por qué, doctor, si me permite la pregunta, que a usted, docto en la materia, le parecerá fútil, sigue encerrado este, ejem ejem, sujeto?

Tenía una voz metálica, algo bronca. Vi que las frases salían de su boca como pompas de las que las palabras eran sólo el revestimiento externo que, al deshacerse en sonido, dejaban al descubierto un volumen etéreo: el significado. A lo que respondió en tono divulgador el doctor Sugrañes:

—Verá usted, el caso que nos ocupa arroja una cierta complejidad, estando, valga el símil, a horcajadas entre dos discreciones. Este, ejem, ejem, individuo me fue remitido por el poder judicial, quien sabiamente dictaminó podía mejor ser tratado entre los muros de una casa de salud que entre los de una institución penitenciaria. Debido a ello, no es decisión privativa mía su libertad, sino, por así decir, conjunta. Ahora bien, ya es un secreto a voces que entre la magistratura y el colegio de médicos, sea por razones ideológicas sea por el asunto aquel de la cooperativa, no hay concierto de pareceres: que no salga de aquí este comentario —sonrió como hombre que está de vuelta de muchas cosas de este tipo—. Si de mí dependiera, hace mucho que habría firmado el alta. Del mismo modo, de no haber sido recluido en un sanatorio el sujeto, gozaría hace años del beneficio de la libertad provisional. Tal como están las cosas, sin embargo, basta que yo propugne una medida para que el tribunal competente adopte la contraria. Y viceversa, claro. ¿Qué le vamos a hacer?

Lo que decía el doctor Sugrañes era cierto: en varias ocasiones había solicitado yo mismo la libertad y siempre había topado con problemas jurisdiccionales insolubles. Un año y medio llevaba ya de papeleo inútil y de robar pólizas en la expendeduría del pueblo para legitimar instancias que me volvían con un tampón rojo que decía: no ha lugar; sin más explicación.

—Ahora bien —agregó el doctor tras una pausa—, ahora bien, la circunstancia fortuita que los ha traído a mi despacho, estimado comisario, reverenda madre, tal vez podría romper el círculo vicioso en que parecemos hallarnos atrapados, ¿no es así?

Los visitantes dieron su anuencia desde sus respectivos sillones.

—Es decir —precisó el doctor—, que si yo certificase que, desde el punto de vista médico, la condición del, ejem ejem, interfecto es favorable y usted, comisario, por su parte, coadyuvase a mi dictamen con su opinión, digamos, administrativa, y usted, madre, a su vez y con tacto, dejase caer unas palabras respetuosas en el palacio arzobispal, ¿qué empecería, digo yo, a las autoridades judiciales...?

Bien.

Creo llegado el momento de disipar las posibles dudas que algún amable lector haya podido haber

13

estado abrigando hasta el presente con respecto a mí: soy, en efecto, o fui, más bien, y no de forma alternativa sino cumulativamente, un loco, un malvado, un delincuente y una persona de instrucción y cultura deficientes, pues no tuve otra escuela que la calle ni otro maestro que las malas compañías de que supe rodearme, pero nunca tuve, ni tengo, un pelo de tonto: las bellas palabras, engarzadas en el dije de una correcta sintaxis, pueden embelesarme unos instantes, desenfocar mi perspectiva, enturbiar mi visión de la realidad. Pero estos efectos no son duraderos; mi instinto de conservación es demasiado agudo, mi apego a la vida demasiado firme, mi experiencia demasiado amarga en estas lides. Tarde o temprano se hace la luz en mi cerebro y entiendo, como entendí entonces, que la conversación a que estaba asistiendo había sido previamente orquestada y ensayada sin otro objeto que el imbuirme de una idea. Pero, ¿cuál?, ¿la de que debía seguir en el sanatorio por el resto de mis días?

—...demostrar, en suma, que el, ejem ejem, ejemplar que aquí tenemos está, no reformado ni rehabilitado, palabras éstas que presuponen culpa —el doctor Sugrañes se dirigía de nuevo a mí y lamenté que mis cavilaciones no me hubieran permitido escuchar los dos primeros renglones de su perorata— y que, por tal razón, detesto —era el siquiatra quien hablaba por su boca—, sino, entiéndanme bien, reconciliado consigo mismo y con la sociedad, armonizados como un todo recíproco. ¿Me han entendido ustedes? ¡Ah, vaya! Ya está aquí la Pepsi-Cola.

En circunstancias normales me habría abalanzado sobre la enfermera y habría intentado sobar con una mano las peras abultadas y jugosas que se rebelaban contra el níveo almidón de su uniforme y arrebatar con la otra la Pepsi-Cola, beber a gollete y, tal vez, prorrumpir en regüeldos de saciedad. Pero en aquel momento no hice nada semejante.

No hice nada semejante porque me di cuenta de que entre aquellas cuatro paredes, las que configuraban el despacho del doctor Sugrañes, se cocía un asunto de mi incumbencia y de que era esencial al buen fin de la empresa que diera yo muestras de comedimiento, por lo que esperé a que la enfermera, de quien trataba de apartar la imagen entrevista por el ojo de la cerradura del retrete con motivo de una evacuación de aquella que me había sido dado espiar, llenara el vaso de cartón con el líquido marrón y burbujeante y me lo tendiera como diciendo: bébeme; y tuve la prudencia de colocar los labios a ambos lados del borde del vaso y no los dos dentro del recipiente, como suelo hacer en estos casos, y beber a sorbos, no ingurgitando, sin ruido ni estremecimientos y sin separar mucho los brazos del cuerpo para evitar que se expandiera por el ambiente el acre hedor de mis axilas. Así que estuve sorbiendo largo rato en perfecto control de mis movimientos, aunque a costa de perderme lo que allí se decía, tras lo cual, y no obstante el delicioso mareo producido por el gustoso brebaje, volví a prestar oído y oí esto:

—Entonces, ¿estamos todos de acuerdo?

—Por mí —dijo el comisario Flores— no hay mayor inconveniente, siempre y cuando este, ejem ejem, espécimen dé su conformidad a la propuesta.

Lo que hice incondicionalmente, aun cuando no sabía a qué estaba dando mi aquiescencia, en el convencimiento de que una cosa decidida por los representantes de los más grandes poderes sobre la tierra, esto es, la justicia, la ciencia y la divinidad, si bien no tenía que redundar necesariamente en beneficio mío, no era, tampoco, susceptible de objeción.

—En vista, pues, de que este, ejem ejem, personaje —dijo el doctor Sugrañes— está en todo de acuerdo con lo actuado, les dejaré a solas para que lo pongan en antecedentes. Y, como supongo que no desean ser molestados, les mostraré el funcionamiento del ingenioso semáforo que me he hecho instalar en la puerta, como ustedes habrán notado. En efecto, pulsando este botón rojo, queda encendida la lucecilla del mismo color que ondea en la parte de fuera, indicando con ello que por ningún concepto el ocupante de esta pieza debe ser incomodado. La luz verde indica exactamente lo contrario, y el ámbar, por usar un término propio del código de la circulación, aunque para mí es y se llama amarillo, significa que, si bien el ocupante prefiere un discreto aislamiento, no se opone a ser avisado en casos de extrema gravedad, juicio éste que se deja al criterio del usuario. Por ser la primera vez que utilizan el mecanismo, les sugiero que se limiten al rojo y al verde, de más fácil manejo. Si precisan alguna aclaración pueden pedírmela a mí mismo o a la enfermera que todavía está aquí, sosteniendo ociosa un botellín vacío de los no reembolsables.

Y con estas palabras, no sin levantarse antes y recorrer la distancia que mediaba entre su asiento y la puerta, que abrió, se fue acompañado de Pepita, la enfermera, con quien, sospecho yo, tenía un lío de pronóstico, aunque, todo sea dicho, nunca los había sorprendido *in fraganti*, por más que había dedicado horas a vigilar sus ires y venires y había mandado varios anónimos a la esposa del doctor sin otro fin que poner nerviosos a los culpables e inducirles a error.

En la tesitura en que me hallaba, y en lugar de hacer lo que habría hecho cualquier persona normal que se encontrase en la misma, a saber, dar un ojo por poder jugar con el semáforo, me abstuve de proponer semejante transacción y, como prueba de mi perspicacia, dejé que fuera el comisario Flores quien lo accionase a su antojo, hecho lo cual volvió a su asiento y dijo:

—No sé si recordarás —dirigiéndose a mí— el extraño caso que aconteció hace ahora seis años en el colegio de las madres lazaristas de San Gervasio. Haz un esfuerzo mental.

No tuve que hacer ninguno, porque guardaba del caso un hoyo por recuerdo, el que me había dejado en la boca el colmillo que el propio comisario Flores había hecho saltar, persuadido de que privado de un colmillo iba yo a darle una información que para mi mal no poseía, ya que, de haberla poseído, poseería ahora además un colmillo del que me he visto precisado a prescindir desde entonces, no estando la ortodoncia a mi alcance, pese a lo cual y como efectivamente mis conocimientos a la sazón habían sido magros, le rogué tuviera a bien ponerme al corriente de los pormenores del caso, a cambio de lo cual prometía yo la máxima cooperación. Y dije todo esto con los labios bien apretados, para evitar que la visión del orificio dejado por el colmillo ausente le incitase a proceder del mismo tenor, a lo cual el comisario pidió autorización a la monja que, no obstante su silencio, seguía allí pre-

17

sente, para encender el habano con ánimo de fumárselo, cosa que, obtenido aquél, así hizo al tiempo que se apoltronaba en su sillón, despedía espirales por la boca y la nariz y relataba lo que en esencia constituye el capítulo segundo.

Capítulo II

LO QUE RELATÓ EL COMISARIO

—El colegio de las madres lazaristas, como tú sin duda ignoras —empezó diciendo el comisario mientras contemplaba cómo el precio del habano se le iba en humo—, está situado en una callejuela recoleta y pina de las que serpentean por el aristocrático barrio de San Gervasio, hoy ya no muy en boga, y se precia de reclutar a su alumnado entre las mejores familias de Barcelona; todo ello con fines de lucro. Usted, madre, corríjame si me equivoco. El colegio, claro está, es exclusivamente femenino y funciona en régimen de internado. Para acabar de contemplar el cuadro agregaré que todas las alumnas visten uniforme gris especialmente diseñado para eclipsar sus incipientes turgencias. Un halo de impenetrable honorabilidad rodea la institución. ¿Vas bien?

Dije que sí, aunque tenía mis dudas, porque anhelaba escuchar la parte escabrosa del asunto, que pensé que estaba por venir y que, más vale que lo advierta honradamente, no vino.

—Como sea —continuó el comisario Flores—, en la mañana del 7 de abril de este año hace seis, o sea, de 1971, la persona encargada de verificar que todas las alumnas se habían levantado, aseado, peinado, vestido y aprestado a asistir al santo sacrificio de la misa percibió que una de aquéllas faltaba de las filas. Preguntó a las compañeras de la ausente y no le supieron dar razón. Acudió al dormitorio y encontró la cama vacía. Buscó en el cuarto de baño y en otros lugares. Llevó sus pesquisas a los más recónditos entreveros del internado. En vano. Una de las alumnas había desaparecido sin dejar rastro. De sus efectos personales sólo faltaba la ropa que llevaba puesta, esto es, el camisón. En la mesilla de noche fueron hallados el reloj de pulsera de la desaparecida, unos zarcillos de perlas cultivadas y el dinero de bolsillo de que disponía para adquirir chucherías en el economato sito en el edificio que las propias monjas administran. Angustiada la persona a que nos referimos, puso lo ocurrido en conocimiento de la madre superiora y ésta, a su vez, hizo correr la voz entre la comunidad religiosa. Se practicó un nuevo registro sin mejores resultados. A las 10 de la mañana, poco más o menos, los padres de la desaparecida fueron informados y, tras breve conciliábulo, se puso el asunto en manos de la policía, personificadas en estas que ves aquí, las mismas con las que te rompí el colmillo.

»Con la celeridad que caracterizaba a las fuerzas del orden en la era preposfranquista, me personé en el colegio, interrogué a cuantos juzgué oportuno hacerlo, regresé a la Jefatura, hice que me trajeran a unos cuantos confidentes, entre los que tenías la suerte de hallarte tú, miserable delator, y sonsaqué hábilmente cuanto dato pudieron darme. Al anochecer, empero, había llegado a la conclusión de que el asunto no tenía explicación posible. ¿Cómo había podido una niña levantarse a medianoche y descerrajar la puerta del dormitorio sin despertar a una sola de sus condiscípulas?, ¿cómo había logrado trasponer las puertas cerradas que separaban el dormitorio del jardín y que son, si mis cálculos no fallan, cuatro o cinco, según se crucen o no los urinarios del primer piso?, ¿cómo había podido atravesar el jardín a oscuras, sin dejar huellas en la tierra ni tronchar las flores ni, más raro aún, delatar la presencia a los dos mastines que las monjas desatan todas las noches al concluir los últimos rezos?, ¿cómo había podido salvar la verja de cuatro metros de altura, rematada de aguzadas púas, o los muros de idéntica altura erizados de fragmentos de vidrio y recubiertos en su parte superior de una madeja de alambre espinoso?

—¿Cómo? —pregunté azuzado por la curiosidad.

—Misterio —respondió el comisario sacudiendo la ceniza del puro en la alfombra, ya que, como dije antes, el cenicero y su soporte de bronce habían sido retirados del despacho tiempo atrás y el doctor Sugrañes no fumaba—. Pero la cosa no terminó aquí o no estaría yo haciendo un preámbulo tan largo.

»Mis investigaciones acababan de empezar y ya parecían llevar mal camino, cuando recibí una llamada telefónica de la madre superiora, que, por cierto, no es esta que ves aquí —señaló con el pulgar a la monja, que seguía sin decir palabra—, sino otra más vieja y, dicho sea con el debido respeto, algo tonta, quien me rogó que acudiera de nuevo al colegio, pues le urgía hablar conmigo. Como no creo haber dicho, esto sucedía en la mañana del día siguiente al de la desaparición de la niña, ¿está claro? Bien. Como iba diciendo, salté al coche-patrulla y, haciendo sonar la sirena y mostrando por la ventanilla un puño amenazador, logré hacer el trayecto entre la Vía Layetana y San Gervasio en menos de media hora, con todo y que la Diagonal estaba imposible.

»Una vez en el despacho de la madre superiora, me encontré con una pareja, hombre y mujer, de gentil y adinerado porte, que se identificaron a instancia mía como padre y madre de la desaparecida, ordenándome, acto seguido, en virtud de las facultades de que su condición de tales les investía, que de inmediato me desentendiera del caso, orden que la madre superiora corroboró en los términos más enérgicos, aunque nadie le había pedido su opinión. Aventurando la hipótesis de que los secuestradores de la niña habían recomendado a los padres de ésta, sabe Dios con qué intimidaciones, su presente actitud y consciente de que, por razones poco claras, la citada actitud es de todo punto desaconsejable, insté a aquéllos a que depusieran ésta. "Usted", me conminó el padre de la niña con una jactancia sólo atribuible a un lejano parentesco con Su Excelencia, "ocúpese de sus cosas, que yo ya me ocuparé de las mías". "Con tal proceder", advertí yo con firmeza mientras reculaba hacia la salida, "nunca recobrará a la criaturita". "La criaturita", zanjó el debate el padre, "ya ha sido recuperada. Puede usted volver a sus quinielas". Y eso hice.

—¿Puedo hacer una pregunta, señor comisario? —dije yo.

—Depende —dijo el comisario torciendo el gesto.

—¿Qué edad tenía la repetida criaturita en el momento de la desaparición?

El comisario Flores miró a la monja y ésta hizo un ademán con las cejas. El comisario carraspeó antes de decir:

—Catorce años.

—Gracias, señor comisario. Tenga la bondad de proseguir.

—Prefiero, en aras de la claridad expositiva —dijo el comisario—, que sea aquí la reverenda quien tome la palabra.

Cosa que ésta hizo con tal celeridad que pensé que se moría por hablar desde hacía rato.

—Según mis informes —dijo—, pues no tengo conocimiento directo de los hechos que nos ocupan, dirigiendo yo cuando éstos se produjeron una casa de retiro para religiosas demasiado viejas o demasiado jóvenes en la provincia de Albacete, la decisión de cercenar la investigación en sus comienzos, abortarla, diría yo si el término no tuviera tantas connotaciones polémicas, provino de los padres de la desaparecida y chocó, en principio, con la oposición de la entonces superiora, mujer de gran talento y carácter, dicho sea de paso, a quien preocupaba no sólo la suerte corrida por la niña, sino la reputación del colegio, como un todo considerado. Pero sus protestas de nada sirvieron ante la determinación de los padres, que arguyeron a su favor la patria potestad que sobre su hija tenían y el monto de las contribuciones que anualmente hacían al colegio con motivo de la Navidad del Pobre, la Quincena del Ropero y el Día del Fundador, que, por cierto, es la semana que viene.

»Guardando, pues, sus inquietudes en su corazón, la madre superiora se avino a lo que le pedían y exhortó a la comunidad y a las demás niñas a

23

que guardasen el más absoluto silencio respecto de lo acontecido.

—Disculpe mi entrometimiento, madre —dije yo—, pero hay un extremo sobre el que desearía una aclaración: ¿había reaparecido verdaderamente la niña o no?

La monja estaba por contestar cuando unas campanadas le hicieron reparar en la hora.

—Son las doce —dijo—. ¿Les importa si me recojo unos instantes para rezar el ángelus?

Dijimos que no faltaría más.

—Tenga la bondad de apagar el puro —dijo la monja al comisario.

Se replegó sobre sí misma y musitó unas plegarias, acabadas las cuales, dijo:

—Ya puede volver a encender el puro. ¿Qué me había preguntado?

—Que si había reaparecido la niña.

—Ah, sí. En efezto —dijo la monja, cuyo acento delataba a veces sus orígenes humildes—, en la mañana del segundo día, y no sin que la noche anterior la comunidad hubiera impetrado un milagro de la virgen del Carmen, cuyos escapularios bendecidos, por cierto, llevo en el bolso, por si los desean comprar, las alumnas advirtieron con extrema sorpresa que su compañera desaparecida ocupaba nuevamente la cama que le correspondía, que se levantaba con las demás y procedía, junto con ellas, a la diaria *toilette*, formando una vez vestida filas en la recámara de la capilla como si nada anómalo hubiera pasado. Las compañeras, por respeto a las instrucciones impartidas, guardaron absoluto silencio, pero no así la persona encargada de verificar que todas las alumnas se habían levantado, aseado, peinado, vestido y aprestado a asistir al

24

santo sacrificio de la misa, o, si ustedes prefieren, la celadora, que así se denomina a quien se ocupa de lo antes enumerado, que, agarrando de la mano, o quizá de la oreja, a la reaparecida corrió al despacho de la superiora, gran persona, quien tampoco pudo dar crédito a sus ojos ni oídos. Por supuesto, quiso saber la superiora de boca de la interesada lo que había pasado, pero a sus preguntas no supo ésta qué responder. No sabía de qué le estaban hablando. La experiencia en el trato con las niñas y un conocimiento general de la naturaleza humana considerable permitieron a la superiora apercibirse de que la niña no mentía y de que se encontraba ante un caso de amnesia parcial. No le cupo a la superiora otro remedio que llamar a los padres de la reaparecida y ponerles al corriente de los acontecimientos. Éstos acudieron prestamente al colegio y mantuvieron con su hija una larga, movida y secreta conversación, al término de la cual expresaron la voluntad ya aludida de que el caso se cerrara, sin explicitar empero las razones de tal decisión. La superiora aceptó la imposición, pero manifestó, a su vez, que, en vista de lo acaecido, debía rogar a los padres de la niña que se hicieran cargo de la susodicha, pues no podía readmitirla en el colegio, sugiriendo el nombre de una academia seglar adonde solemos remitir a las alumnas algo atrasadas o incorregiblemente díscolas. Y así terminó el caso de la niña desaparecida.

Calló la monja y se hizo en el despacho del doctor Sugrañes el silencio. Me pregunté si eso sería todo. No parecía lógico que aquellas dos personas, abrumadas por sus respectivas responsabilidades, malgastaran tiempo y saliva en contarme semejante historia. Quise alentarles a que siguieran hablando, pero sólo conseguí bizquear de un modo horrible. La monja ahogó un grito y el comisario arrojó el resto del puro, en perfecta parábola, por la ventana. Transcurrió otro embarazoso minuto, al cabo del cual volvió a entrar el puro volando por la ventana, lanzado, con toda certeza, por uno de los asilados, que debió de pensar que se trataba de una prueba cuya resolución satisfactoria podía valerle la libertad.

Acabado el incidente del puro e intercambiadas entre el comisario y la monja miradas de inteligencia, el primero de ambos murmuró algo tan por lo bajo que no logré captarlo. Le supliqué que repitiera sus palabras y, si efectivamente lo hizo, fueron éstas:

—Que ha vuelto a suceder.

—¿Qué es lo que ha vuelto a suceder? —pregunté.

—Que ha desaparecido otra niña.

—¿Otra o la misma?

—Otra, imbécil —dijo el comisario—. ¿No te han dicho que a la primera la habían expulsado?

—¿Y cuándo pasó esto?

—Ayer noche.

—¿En qué circunstancias?

—Las mismas, salvo que todos los protagonistas eran distintos: la niña desaparecida, sus compañeras, la celadora, si así se llama, y la superiora, respecto de la cual reitero mi desfavorable opinión.

—¿Y los padres de la niña?

—Y los padres de la niña, claro.

—No tan claro. Podía tratarse de una hermana menor de la primera.

El comisario acusó el golpe asestado a su orgullo.

—Podría, pero no es —se limitó a decir—. Sí sería, en cambio, necio negar que el asunto, pues cabe que nos encontremos ante dos episodios del mismo, o los asuntos, si son dos, desprenden un tufillo algo enojoso. Huelga asimismo decir que tanto yo como aquí la madre estamos ansiosos de que el asunto o asuntos ya mencionados se arreglen pronto, bien y sin escándalos que puedan empañar la ejecutoria de las instituciones por nosotros representadas. Necesitamos, por ello, una persona conocedora de los ambientes menos gratos de nuestra sociedad, cuyo nombre pueda ensuciarse sin perjuicio de nadie, capaz de realizar por nosotros el trabajo y de la que, llegado el momento, podamos desembarazarnos sin empacho. No te sorprenderá saber que tú eres esta persona. Antes te hemos insinuado cuáles podrían ser las ventajas de una labor discreta y eficaz y dejo a tu criterio imaginar las consecuencias de un error accidental o deliberado. Ni de lejos te acercarás al colegio ni a los familiares de la desaparecida, cuyo nombre, para mayor garantía, no te diremos; cualquier información que obtengas me la comunicarás sin tardanza a mí y sólo a mí; no tomarás otras iniciativas que las que yo te sugiera u ordene, según esté de humor, y pagarás cualquier desviación del procedimiento antedicho con mis iras y el modo habitual de desahogarlas. ¿Está bastante claro?

Como con esta ominosa admonición, a la que no se esperaba respuesta por mi parte, parecíamos haber coronado la cima de nuestra charla, el comisario pulsó de nuevo el botón del semáforo y no tardó en comparecer el doctor Sugrañes, que, me huelo yo, había aprovechado el tiempo libre para beneficiarse a la enfermera.

—Todo listo, doctor —anunció el comisario—. Nos llevamos a esta, ejem ejem, perla y en su debido momento le notificaremos el resultado de este interesante experimento sicopático. Muchas gracias por su amable colaboración y que siga usted bien. ¿Estás sordo, tú? —huelga decir que esto iba dirigido a mí, no al doctor Sugrañes—, ¿no ves que estamos saliendo?

Y emprendieron la marcha, sin darme siquiera ocasión de recoger mis escasos objetos personales, lo que no suponía una gran pérdida y, peor aún, sin darme ocasión tampoco a ducharme, con lo cual la fetidez de mis emanaciones pronto impregnó el interior del coche-patrulla, que, entre bocinazos, sirenas y zarandeos, nos condujo en poco más de una hora al centro de la ciudad y, por ende, al final de este capítulo.

Capítulo III

UN REENCUENTRO, UN ENCUENTRO
Y UN VIAJE

Fui apeado, cuando más embelesado estaba contemplando el bullicio de una Barcelona de la que había estado ausente cinco años, de un preciso puntapié ante la fuente de Canaletas, de cuyas aguas clóricas me apresuré a beber alborozado. Debo hacer ahora un inciso intimista para decir que mi primera sensación, al verme libre y dueño de mis actos, fue de alegría. Tras este inciso añadiré que no tardaron en asaltarme toda clase de temores, ya que no tenía amigos, dinero, alojamiento ni otra ropa que la puesta, un sucísimo y raído atuendo hospitalario, y sí una misión que cumplir que presentía erizada de peligros y trabajos.

Como primera medida, decidí que debía comer algo, pues era la media tarde y no había probado migaja desde el desayuno. Busqué en las papeleras y alcorques circundantes y no me costó mucho dar con medio bocadillo, o bocata, como de un letrero deduje que se llamaban modernamente, de frankfurt que algún paseante ahíto había arrojado y que deglutí con avidez, aunque estaba algo agrio de sabor y baboso de textura. Recuperadas las fuerzas, bajé lentamente por las Ramblas, apreciando a la par que andaba el pintoresco comercio de baratijas que por los suelos se desarrollaba, a la espera de que cayera la noche, que se anunciaba en el cielo por la falta de luz.

Eran un hervidero los alegres bares de putas del barrio Chino cuando alcancé mi meta: un tugurio apellidado *Leashes American Bar*, más comúnmente conocido por El Leches, sito en una esquina y sótano de la calle Robador y donde esperaba establecer mi primer y más fidedigno contacto, como así fue, pues, apenas mi figura se perfiló en la puerta y mis ojos se habituaron a la oscuridad, avizoré en una mesa la rubia cabellera y las carnes algo verdosas de una mujer que, por hallarse de espaldas, no se percató de mi presencia, mas prosiguió hurgándose las orejas con un mondadientes plano de los que suelen chuperretear los cobradores de autobús y otros funcionarios, hasta que me hice patente a sus ojos, cosa que le hizo separar hasta donde le alcanzaba la piel las pestañas que llevaba encoladas en los párpados, abriendo al mismo tiempo la boca con desmesura, lo que me permitió percibir sus numerosas caries.

—Hola, Cándida —dije yo, pues así se llamaba mi hermana, que no otra era la mujer a quien me había dirigido—, tiempo sin verte —y al decir esto tuve que forzar una sonrisa dolorosa, porque la visión de los estragos que los años y la vida habían hecho en su rostro me hizo brotar lágrimas de compasión. Alguien, Dios sabe con qué fin, le había dicho a mi hermana, siendo ella adolescente, que se parecía a Juanita Reina. Ella, pobre, lo había creído y todavía ahora, treinta años más tarde, seguía viviendo aferrada a esa ilusión. Pero no era cierto, Juanita Reina, si la memoria no me engaña, era una mujer guapetona, de castiza estampa, cualidades éstas que mi hermana, lo digo con desapasionamiento, no poseía. Tenía, por el contrario, la frente convexa y abollada, los ojos muy chicos, con tendencia al estrabismo cuando algo la preocupaba, la nariz chata, porcina, la boca errática, ladeada, los dientes irregulares, prominentes y amarillos. De su cuerpo ni que hablar tiene: siempre se había resentido de un parto, el que la trajo al mundo, precipitado y chapucero, acaecido en la trastienda de la ferretería donde mi madre trataba desesperadamente de abortarla y de resultas del cual le había salido el cuerpo trapezoidal, desmedido en relación con las patas, cortas y arqueadas, lo que le daba un cierto aire de enano crecido, como bien la definió, con insensibilidad de artista, el fotógrafo que se negó a retratarla el día de su primera comunión so pretexto de que desacreditaría su lente—. Estás más joven y guapa que nunca.

—Me cago en tus huesos —fue su saludo—, ¡te has escapado del manicomio!

—Te equivocas, Cándida, me han soltado. ¿Puedo sentarme?

—No.

—Me han soltado esta misma tarde, como te decía, y me he dicho: ¿qué será lo primero que hagas, qué es lo que más desea tu corazón?

—Le había prometido un cirio a santa Rosa si te tenían encerrado de por vida —suspiró ella—. ¿Has cenado? Si no, puedes pedir un bocadillo en la barra y decirles que lo carguen en mi cuenta. Pero no te voy a dar ni un duro, más vale que lo sepas.

A pesar de su aparente displicencia, mi hermana me quería bien. Siempre fui para ella, sospecho yo, el hijo que ansiaba y nunca podría tener, pues sea una malformación congénita, sean los sinsabores de la existencia, su potencial maternidad se veía obstaculizada por una serie de cavidades internas que ponían en directa comunicación útero, bazo y colon, haciendo de sus funciones orgánicas un batiburrillo imprevisible e ingobernable.

—Ni yo te lo habría pedido, Cándida.

—Tienes un aspecto horroroso —dijo.

—Es que no he podido ducharme después del fútbol.

—No me refiero sólo al olor —hizo una pausa que interpreté consagrada a la meditación sobre el transcurso inexorable de los años, en cuyas fauces perece nuestra evasiva juventud—. Pero antes de irte con la música a otra parte, sácame de una duda: si no quieres dinero, ¿a qué has venido?

—Ante todo, a ver cómo seguías. Y una vez comprobado que tienes un aspecto inmejorable, a pedirte un ligerísimo favor, que casi no puede calificarse de tal.

—Adiós —dijo agitando una mano gordezuela, teñida por la nicotina y el cardenillo de la bisutería.

—Una pequeña información que a ti no te va a costar nada y a mí puede reportarme un gran bien. Más que una información, un chisme, un inofensivo cotilleo...

—Has vuelto a enredarte con el comisario Flores, ¿eh?

—No, mujer, ¿qué te hace pensar eso? Mera curiosidad, ya sabes. La niña ésa... la del colegio de San Gervasio, ¿cómo se llama? Lo trajo la prensa... La que desapareció hace un par de días, ¿sabes quién te digo?

—No sé nada. Y aunque supiera, no te diría. Es un asunto feo. ¿Está metido Flores?

—Hasta aquí —dije poniendo la mano abierta sobre mi hirsuta pelambrera en la que menudeaban, ay, algunas canas.

—Entonces es más feo de lo que me habían dicho. ¿Qué te va a ti en ello?

—La libertad.

—Vuelve al manicomio: techo, cama y tres comidas diarias, ¿qué más quieres? —la plasta de maquillaje no impidió que su rostro reflejara inquietud.

—Déjame probar suerte.

—Me trae sin cuidado lo que te pase a ti, pero no quiero salpicaduras. Y no me digas que esta vez no va a ser así, porque desde que naciste no has hecho más que traerme complicaciones. Y ya no estoy para estos trotes. Vete ya. Estoy esperando a un cliente.

—Con tu palmito te han de sobrar —dije yo sabiendo que mi hermana era muy susceptible a los halagos, quizá porque la vida no la había mimado en demasía. A los nueve años, por fea y cuando estas contrariedades afectan, no le habían dejado cantar *María de las Mercedes*, memorizada tras seis meses de agotador esfuerzo, en la campaña benéfica de Radio Nacional, no obstante el anonimato inherente al medio y el haber ella aportado un razonable donativo que había recaudado, no sin penas, malvendiendo sus nalgas de paquidermo a los viejos bujarrones medio ciegos del asilo de San Rafael, que la tomaban, a la medialuz del ocaso, por un recluta acomodaticio y necesitado de los vecinos cuarteles de Pedralbes. Insistí—: ¿ni una pista me vas a dar, querubín?

33

Para entonces sabía ya que no iba a darme ni una pista ni nada, pero quería ganar tiempo, porque si efectivamente esperaba a un cliente, la prisa por deshacerse de mí tal vez la hiciera hablar. Me hice, pues, el remolón, alternando la súplica con la amenaza. Mi hermana se puso nerviosa y acabó echándome en los pantalones el Cacaolat con hielo que a modo de bebida espirituosa sostenía, de lo que deduje que su cliente había llegado y me volví a ver de quién se trataba.

Se trataba, cosa rara entre la clientela de mi hermana, de un hombre joven, fornido, de planta entre juncal y amorcillada como la de un torero entrado en carnes, por así decir. Su rostro agraciado adolecía de una sugestiva ambigüedad, cual si fuera un vástago, por citar nombres, de Kubala y la Bella Dorita. Su traza gallarda y su vestuario impropio de nuestro clima lo identificaban como marinero; su pelo pajizo y sus ojos claros, como extranjero, probablemente sueco. Por lo demás, mi hermana solía reclutar de entre los hombres de mar a sus usuarios, ya que éstos, provenientes de lejanas tierras, tomaban por exótica a la pobre Cándida y no por lo que en realidad era: un coco.

A todas éstas, mi hermana se había levantado y abrazaba melosa al marinero, haciendo caso omiso de las puñadas que éste le propinaba para mantenerla a distancia. Decidí aprovechar la oportunidad que la suerte me brindaba y palmée el hombro rocoso del recién llegado, adoptando el talante mundano que suelo fingir en tales circunstancias.

—*Me* —dije recurriendo a mi inglés algo oxidado por el desuso—, Cándida: *sisters.* Cándida, *me sister, big fart. No, no big fart: big fuck. Strong. Not expensive.* ¿Eh?

—Cierra el pico, Richard Burton —respondió desabrido el marinero.

Hablaba bien el castellano, el condenado, incluso con un ligero deje aragonés en el acento, muy meritorio tratándose de un sueco.

Mi hermana me hizo gestos que traduje por: vete o te pelo la cara con las uñas. No había nada que hacer. Me despedí de la feliz pareja con gran civilidad y gané la calle. El principio no era esperanzador, pero ¿qué principio lo es? Resolví no dejarme vencer por el desaliento y buscar dónde pasar la noche. Conocía varias pensiones baratas, pero ninguna tan barata que pudiera yo costearla sin dinero, por lo que opté por regresar a la plaza Cataluña y probar suerte en el metro. El cielo estaba encapotado y se oían truenos en lontananza.

La estación estaba concurrida, porque era la hora de cierre de los espectáculos, y no me costó colarme en el andén. En el primer tren que salió, me acomodé en un asiento de primera clase y traté de dormir. En Provenza subieron unos gamberros jovencitos y algo bebidos que empezaron a divertirse a mi costa. Me hice el tonto y permití que me zarandearan. Cuando se apearon en Tres Torres les había birlado un reloj de pulsera, dos bolígrafos y una cartera. La cartera sólo contenía un carnet de identidad, un carnet de conducir, la foto de una chica y algunas tarjetas de crédito. Arrojé la cartera y contenido en un tramo de la vía de donde me pareció que no podrían ser recuperados: para que le sirviera a su dueño de lección. El reloj y los bolígrafos los guardé con gran alegría, porque con ellos podría pagar la pensión, dormir entre sábanas y regalarme por fin con una buena ducha.

El metro, mientras tanto, había llegado al final del trayecto. Caí en la cuenta de que no me encontraba lejos del colegio de las madres lazaristas de San Gervasio y pensé que sería una buena idea asomar la nariz por las inmediaciones, a pesar de las advertencias que en contrario me había hecho el comisario Flores. Al salir a la calle había empezado a lloviznar. En una papelera había una *Vanguardia* con la que me cubrí a modo de paraguas.

Aunque me precio de conocer bien Barcelona, me perdí un par de veces antes de dar con el colegio: cinco años de apartamiento habían entumecido mi sentido de la orientación. Llegué calado frente a la verja y comprobé que la descripción del comisario había sido rigurosa: tanto la verja en cuestión como los muros eran en apariencia inexpugnables, si bien la pendiente de la calle hacía que la altura del muro fuera ligeramente inferior en la parte trasera de la finca. Y aún sucedió algo peor: mis breves y sigilosos merodeos no pasaron desapercibidos a los mastines ya mentados por el comisario, que, en número de dos, asomaron sus terribles mandíbulas por entre los barrotes y emitieron gruñidos y quizás insultos y bravuconerías en este lenguaje animal que la ciencia se esfuerza en vano por descifrar. El edificio que ocupaba el centro del jardín era grande y, en la medida en que la lluvia torrencial y la oscuridad de la noche me permitían emitir certeros juicios arquitectónicos, feo. Las ventanas eran estrechas, salvo unas vidrieras alargadas que supuse correspondían a la capilla, aunque no pude determinar por la distancia si las ventanas eran tan angostas que no permitieran el paso de un cuerpo escuálido, como el de una impúber o el mío propio. Dos chimeneas habrían podido servir de acceso a una persona diminuta de no haber estado en el vértice de un tejado impracticable. Las casas colindantes eran otras tantas torres señoriales rodeadas a su vez de jardines y arboledas. Tomé nota mental de todo ello y consideré que había llegado el momento de retirarme a descansar.

Capítulo IV

EL INVENTARIO DEL SUECO

A pesar de lo avanzado de la hora, los cafés de las Ramblas estaban concurridos. No así las aceras, a causa de la lluvia, que no cesaba de caer a raudales. Me tranquilizó ver que en cinco años la ciudad no había cambiado demasiado.

La pensión a la que me dirigí estaba cómodamente ubicada en un recoveco de la calle de las Tapias y se anunciaba así: HOTEL CUPIDO, todo confort, bidet en todas las habitaciones. El encargado roncaba a pierna suelta y se despertó furioso. Era tuerto y propenso a la blasfemia. No sin discusión accedió a cambalachear el reloj y los bolígrafos por un cuarto con ventana por tres noches. A mis protestas adujo que la inestabilidad política había mermado la avalancha turística y retraído la inversión privada de capital. Yo alegué que si estos factores habían afectado a la industria hotelera, también habrían afectado a la industria relojera y a la industria del bolígrafo, comoquiera que se llame, a lo que respondió el tuerto que tal cosa le traía sin cuidado, que tres noches era su última palabra y que lo tomaba o dejaba. El trato era abusivo, pero no me quedó remedio que aceptarlo. La habitación que me tocó en suerte era una pocilga y olía a meados. Las sábanas estaban tan sucias que hube de despegarlas tironeando. Bajo la almohada encontré un calcetín agujereado. El cuarto de baño comunal parecía una piscina, el water y el lavabo estaban embozados y flotaba en este último una sustancia viscosa e irisada muy del gusto de las moscas. No era cosa de ducharse y regresé a la habitación. A través de los tabiques se oían expectoraciones, jadeos y, esporádicamente, pedos. Me dije que si fuera rico algún día, otros lujos no me daría, pero sí el frecuentar sólo hospedajes de una estrella, cuando menos. Mientras pisoteaba las cucarachas que corrían por la cama, no pude por menos de recordar la celda del manicomio, tan higiénica, y confieso que me tentó la nostalgia. Pero no hay mayor bien, dicen, que la libertad, y no era cuestión de menospreciarla ahora que gozaba de ella. Con este consuelo me metí en la cama y traté de dormirme repitiendo para mis adentros la hora en que quería despertarme, pues sé que el subconsciente, además de desvirtuar nuestra infancia, tergiversar nuestros afectos, recordarnos lo que ansiamos olvidar, revelarnos nuestra abyecta condición y destrozarnos, en suma, la vida, cuando se le antoja y a modo de compensación, hace las veces de despertador.

Casi me había dormido cuando sonaron unos golpes en la puerta. Por suerte, tenía ésta pasador y yo había tomado la precaución de correrlo antes de acostarme, por lo que el visitante, quienquiera que fuese y cualesquiera sus intenciones, se había visto obligado a recurrir a la convención de llamar antes de entrar. Pregunté quién era, suponiendo que se trataría de algún maricón que deseaba hacerme alguna propuesta, tal vez pecuniaria, y me respondió una voz no del todo desconocida, que decía:

—Déjame entrar. Soy el novio de tu hermana la contrahecha.

Entreabrí la puerta y vi que realmente quien llamaba era el mocetón sueco al que horas antes había conocido en compañía de mi hermana, si bien ya no adornaba sus quijadas poderosas con la barba rubia de otrora, que quizá nunca había llevado, pues, aunque ya he dicho que soy buen observador, estas minucias me pasan desapercibidas en algunas ocasiones, y sus ropas estaban algo malparadas.

—¿En qué puedo servirle? —pregunté.

—Quiero pasar —aseveró el sueco con voz temblorosa.

Vacilé unos instantes, pero acabé franqueándole el paso, ya que se trataba de un cliente de mi hermana, autodenominado novio, por más señas, y no me convenía en modo alguno enemistarme con ella. Pensé que quizá quería discutir algún asunto de familia y que, siendo yo el varón, me consideraba el interlocutor idóneo para ello. Esta fineza, ya anacrónica, y algo en el aspecto del sueco me decían que estaba en presencia de un hombre de bien y no menoscabó mi estima el hecho de que sacara un pistolón de la faltriquera y me encañonara con él al tiempo que se sentaba en la cama. Pero me dan miedo las armas, o no habría tomado mi carrera delictiva tan corto vuelo, y así se lo hice saber.

—Veo, caballero —dije lentamente, con profusión de ademanes y procurando vocalizar bien para que la barrera del idioma no fuera óbice a nuestro entendimiento mutuo—, que algo le impulsa a desconfiar de mí: quizás el natural recelo que inspira mi facha, quizás un rumor de esos a cuya divulgación son dadas las malas lenguas. Sin embargo, puedo asegurarle por mi honor, el de mi hermana, *sister*, y el de nuestra santa madre, que Dios haya en su gloria, que no tiene usted nada que temer de mí. Soy perspicaz y aunque no tengo el placer de conocerle salvo superficialmente, no he dejado de advertir que es usted hombre de principios, instruido, cabal y de buena cuna, a quien acaso reveses de fortuna han lanzado a una vida desasosegada en pos de más amplios horizontes, del olvido, incluso.

Mi llaneza no parecía hacer mella en su obstinación. Seguía sentado en la cama, con los ojos clavados en mí y el rostro inexpresivo, perdidos sin duda sus pensamientos en quién sabe qué recuerdos dolorosos, qué visiones indescriptibles, qué melancolías.

—Cabe asimismo que haya sospechado usted —proseguí para apartar de su mente posibles rencores por los que pudiera hacerme a mí cabeza de turco— que hay entre mi *sister* y *me* algo más que una mera relación de parentesco. Por desgracia, no obran en mi poder documentos fehacientes, ni de ningún otro tipo, que acrediten esto último. El parentesco, quiero decir, lo que nos pondría automáticamente a cubierto de cualquier conjetura maliciosa. Y tampoco puedo aducir como prueba de consanguinidad nuestro parecido físico, siendo ella como es tan hermosa, *beautiful*, y yo, pobre de mí, un excremento; pero así suele suceder con frecuencia, que es la naturaleza arbitraria en sus dádivas y nada sería más injusto que hacerme pagar a mí el haber salido menos favorecido en el sorteo, ¿no le parece?

No debía de parecerle, porque seguía impertérrito. Por todo comentario se había quitado el tabardo, que tenía que darle mucho calor, y se había quedado en camiseta, evidenciando la hercúlea configuración de su tórax y sus brazos, entre cuyos músculos abultados no me habría extrañado ver aparecer milagrosamente a la virgen de Montserrat. Supuse que sería dado al cultivo del físico, seguidor de métodos de desarrollo corporal por correspondencia y comprador de ballestas, muelles, gomas y ruedecitas para hacer gimnasia en el dormitorio, y decidí explorar con la adulación esa faceta de su personalidad, que atribuí a inseguridades anímicas, temor a las mujeres y tal vez indefinición viril.

—Ni nada más innoble, amigo mío, que cebarse en mí, que no practico deporte alguno, no sigo dieta ni pruebo el pomelo, porque no me gusta, y, encima, fumo, usted, un Tarzán de los mares, un Maciste escandinavo, un digno sucesor del celebrado Charles Atlas, a quien su juventud probablemente impidió conocer, pero quien, con sus genuflexiones atigradas tantas envidias concitó y tantas esperanzas vanas hizo concebir a los alfeñiques de entonces, piltrafas de ahora.

Mientras le dirigía aquellas palabras apaciguadoras, había estado yo recorriendo con los ojos el cuarto en busca de algún objeto contundente con el que darle en el cráneo si mis razones no lograban disipar su patente hostilidad, y es el caso que, al mirar debajo de la cama en que se encontraba sentado mi hosco futuro cuñado, por si allí había un orinal que usar a la manera de maza y que, por cierto, no había en aquel hotel de mala muerte, me percaté de que un charco oscuro se iba formando entre sus piernas, lo que achaqué al pronto a alguna desafortunada incontinencia.

—Incluso puede usted —proseguí viendo que mientras yo hablaba no parecía él dispuesto a pasar a la acción—, de habernos visto juntos, haber extraído la errónea conclusión de que yo soy el macarra de su, si me permite llamarla así, amada Cándida, *love* —dije yo introduciendo algún que otro giro inglés en mi plática para facilitar su asimilación, que parecía algo retardada—, pero debe usted creer mi palabra, único aval de los desposeídos, de que tal cosa no es cierta, *mistake*, que Cándida siempre se ha dispensado de esta reprobable institución, yendo toda su vida por libre, sin otra muleta, valga el símil, que la del doctor Sugrañes —una improvisación del momento, pues mi hermana no había pisado jamás un dispensario por aversión al mango de la cuchara que los médicos se empeñan en introducir en la boca de todo el mundo para poder contemplar no sé yo qué—, que tantos disgustos a ella y a sus clientes ha evitado con su ciencia. Y permítame agregar que a lo largo de la carrera de Cándida, *me sister*, breve por la extrema juventud de ésta, jamás ha habido síntoma alguno de gonorrea, blenorragia, morbo gálico ni variedad conocida del mal francés, *french, bad*, y si por un casual ha acariciado usted la idea de legitimar ante Dios y ante los hombres una unión que intuyo ya formalizada en sus corazones, puedo asegurarle que su elección es un pleno acierto y que cuenta usted no ya con mi anuencia, sino con mi fraternal bendición.

Y esbozando mi mejor sonrisa me acerqué a él con los brazos abiertos, en actitud papal, y como sea que el sueco no parecía oponerse a tal efusión, apenas me hube aproximado lo suficiente, descargué un fuerte rodillazo en sus partes pudendas, cosa que, no obstante mi consumada práctica en la suerte, no pareció afectarle en lo más mínimo. Seguía con los ojos bien abiertos, aunque ya no dirigidos a mí, sino al infinito, y de sus labios caía una baba verdosa. De estos detalles y del hecho de que no respirara, inferí que estaba muerto. Un examen más minucioso me permitió comprobar que el charco que se acumulaba a sus pies era sangre y que este fluido vital empapaba las perneras de sus pantalones de pana.

«Qué mala suerte —pensé para mis adentros—, parecía un buen partido para Cándida.»

Pero no era el tema familiar lo que debía ocupar mi cerebro por el momento, sino la forma de deshacerme del cadáver en forma discreta y expeditiva. Rechacé el plan de arrojarlo por la ventana, porque su procedencia habría resultado palmaria a quien lo encontrase. Sacarlo del hotel por la puerta era una idea descabellada. Opté, pues, por la solución más sencilla: desembarazarme del cadáver dejándolo donde estaba y poniendo tierra de por medio. Con un poco de suerte, cuando descubrieran el fiambre podían pensar que era yo y no el sueco quien ocupaba la cama. A fin de cuentas, me dije, el portero era tuerto. Comencé a desvalijarle los bolsillos y éste es el inventario de lo que saqué:

Bolsillo interior izquierdo de la chaqueta: nada.

Bolsillo interior derecho de la chaqueta: nada.

Bolsillo exterior izquierdo de la chaqueta: nada.

Bolsillo exterior derecho de la chaqueta: nada.

Bolsillo izquierdo del pantalón: una caja de cerillas propaganda de un restaurante gallego, un billete de mil pesetas, media entrada de cine descolorida.

Bolsillo derecho del pantalón: una bolsita de plástico transparente que contenía: *a*) tres sobrecitos de un polvo blanco, alcaloide, anestésico y narcótico, vulgo cocaína; *b*) tres pedacitos de papel secante impregnados de ácido lisérgico; *c*) tres píldoras anfetamínicas.

Zapatos: nada.

Calcetines: nada.

Calzoncillos: nada.

Boca: nada.

Orificios nasales, auditivos y rectal: nada.

Mientras practicaba el registro, no dejaba de formularme las preguntas que me habría formulado antes si las circunstancias me hubieran permitido concentrarme en el aspecto especulativo de la situación. ¿Quién era en realidad aquel individuo? Carecía totalmente de documentación, agenda, libreta de teléfonos y esas cartas que uno se echa al bolsillo con ánimo de contestarlas a la primera ocasión. ¿Por qué había venido a mi cuarto? Estando como estaba en las últimas, su hipotético interés por mi hermana no parecía un motivo plausible. ¿Cómo había sabido dónde encontrarme? Sólo muy avanzada la noche había encontrado yo sitio donde pernoctar; mal podían saberlo mi hermana y su cliente. ¿Por qué me había amenazado con una pistola?, ¿por qué llevaba drogas en el pantalón?, ¿por qué se había afeitado la barba? Sólo mi hermana podía responder a estas preguntas, por lo que me urgía tener con ella un cambio de impresiones, aunque ello equivaliera a involucrarla en un asunto cuya evolución, a juzgar por sus inicios, no podía preverse placentera. Paré mientes de nuevo en la posibilidad de volver al manicomio y renunciar al acuerdo concertado con el comisario Flores, pero ¿no se interpretaría mi defección como complicidad con la muerte del sueco, por no decir como autoría de la misma? Si bien, ¿estaba yo en condiciones de resolver, no ya el caso de las niñas desaparecidas, sino, de propina, el óbito de un desconocido que había tenido el capricho de entregar su alma en mi propia cama?

Como sea que ello fuere, no había tiempo que perder en elucubraciones. Con toda seguridad el tuerto había visto entrar al sueco y podía pensar que tratábamos de compartir la estancia, durmiendo los dos bajo techado por el precio de uno, lo que le instigaría a investigar y a poner de manifiesto el triste fin del supuesto polizón. Así que, dejando para mejor ocasión el elemento teórico, trasvasé a mis bolsillos el contenido de los del cadáver, sin olvidar la pistola, abrí la ventana, procurando no hacer ruido, y calculé la distancia que me separaba del patinejo interior a la que aquélla daba. No era tanta que no pudiera salvarse sin excesivo albur. Acosté al sueco en mi cama, cerré sus ojos color de mar, a los que la muerte había conferido una aureola de sorprendida inocencia, de dos enérgicos puñetazos, lo tapé hasta la barbilla con la sábana, apagué la luz, traspuse la ventana y, sujetándome como buenamente pude en el alféizar, cerré desde fuera los postigos. Luego abrí las manos y me lancé al negro vacío, comprobando, cuando ya era demasiado tarde, que la distancia de la ventana al suelo era mucho mayor de lo que había calculado a primera vista y que me aguardaba el rompimiento de varios huesos indispensables, si no el aplastamiento de mi calamorra y el fin de mis aventuras.

CAPÍTULO V

DOS FUGAS CONSECUTIVAS

Durante el trayecto, mientras efectuaba invo-
luntariamente volatines en el aire que trajeron a mi
recuerdo los que en su tiempo hiciera el malogrado
príncipe Cantacuceno, y por no tener nada más
que hacer, di en pensar que me rompería la crisma
como colofón del vuelo. Pero no fue así, o no estaría usted saboreando estas páginas deleitosas, porque aterricé sobre un legamoso y profundo montón de detritus, que, a juzgar por su olor y consis-
tencia, debía de estar integrado a partes iguales
por restos de pescado, verdura, frutas, hortalizas,
huevos, mondongos y otros despojos, en estado
todo ello de avanzada descomposición, por lo que
salí a flote cubierto de la cabeza a los pies de un te-
gumento pegajoso y fétido, pero ileso y contento.

Con poco esfuerzo vadeé la ciénaga y llegué a
una tapia baja que escalé sin dificultad. A mujerie-
gas en la tapia, me volví a echar una última ojeada
a la ventana de la que había sido mi habitación y
descubrí sin sorpresa que había luz en ella, aun
cuando yo recordaba perfectamente haberla apagado. Dos siluetas se recortaban en el recuadro de
la ventana. No me detuve a estudiarlas: salté de la
tapia al suelo y corrí agazapado entre sacos y cajo-

nes. Otra tapia o quizá la misma se interpuso. Saltar tapias es un arte que vengo practicando desde la infancia, así que salvé el obstáculo como quien no quiere la cosa y me vi en un callejón al extremo del cual había una calle que conducía a las Ramblas. Antes de ingresar en la más típica arteria barcelonesa, arrojé la pistola a una alcantarilla y no me sentí poco feliz al ver cómo el negro agujero se tragaba el funesto artefacto que poco antes me había estado apuntando. Para acabar de rematar mi suerte, había cesado de llover.

Mis pasos me llevaron, porque así lo decidí, al bar El Leches, donde horas antes había encontrado a mi hermana y al infortunado sueco, ante el cual bar monté guardia oculto en un quicio y procurando no meter los pies en el sinfín de vomitonas esparcidas por doquier por aquellos cuyos estómagos habían zozobrado en la travesía de la noche, a la espera de que saliera mi hermana. Tenía la certeza de que allí estaría, porque de antiguo solía recalar en el bar antes de despuntar la aurora en busca de clientes tardíos que, en su mezquindad, confiaban en obtener gangas, y las obtenían, a título de liquidación por fin de temporada.

Ya se vislumbraba un filo de claridad en el horizonte cuando emergió del bar mi hermana, con la que me reuní en dos zancadas y de la que recibí la más despectiva de las miradas. Le pregunté adónde iba y me dijo que a su casa. Me ofrecí a escoltarla.

—Tu sola imagen —le dije— es una incitación al desvarío. Comprendo que los hombres hagan locuras por ti, pero eso no quiere decir que, en mi calidad de hermano varón, esté dispuesto a consentirlas.

—Ya te he dicho que de dinero, nada.

Le reiteré que no me movían propósitos de sablazos o mendicidad y seguí charlando de trivialidades sacadas de un *Hola* de dos años atrás, cosa de la que no pareció percatarse, pues, aun en su boato, la vida de las celebridades es tan monótona como la nuestra, aunque más regalada, y dejé caer, como al azar, esta hábil pregunta:

—¿Y qué se hizo de aquel buen mozo a quien tuve el gusto de conocer no ha mucho y que, si he de creer lo que ven mis ojos, tan encandilado contigo estaba?

Cándida lanzó un escupitajo al programa del Liceo adherido al muro.

—Se fue como había venido —dijo con un sarcasmo que no lograba ocultar su despecho—. Dos días estuvo rondándome y aún no sé bien a qué venía. Desde luego, no era mi tipo. Yo suelo andar más bien con, ¿cómo llamarlos?... enfermos. Supuse que sería uno de esos pervertidos que creen que porque está una pasando una mala época se avendrá a cualquier bajeza por dinero, en lo cual, dicho sea de paso, llevan toda la razón. En fin, que todo quedó en agua de borrajas. ¿Por qué lo preguntas?

—Por nada. Me pareció que hacíais buena pareja: tan jóvenes, tan lozanos, tan llenos de vida... Siempre he confiado en que acabarías formando un hogar, Cándida. Esta vida no es para ti; lo tuyo es la familia, los hijos, un marido diligente, un chaletito en la Floresta...

Seguí describiendo con toda minuciosidad los detalles de una existencia placentera de la que Cándida no gozaría jamás. Mis palabras la pusieron de buen humor y acabó diciendo:

—¿Has desayunado?

—Me parece que no —dije con tacto.

—Ven a casa; algunas sobras quedarán de anoche.

Nos adentramos en una de esas típicas calles del casco viejo de Barcelona tan llenas de sabor, a las que sólo les falta techo para ser cloaca, y nos detuvimos frente a un inmueble renegrido y arruinado de cuyo portal salió una lagartija que mordisqueaba un escarabajo mientras se debatía en las fauces de un ratón que corría perseguido por un gato. Subimos las escaleras alumbrándonos con cerillas que extinguía al instante una corriente de aire frío y húmedo que se filtraba por los vidrios astillados de la claraboya. Al llegar a su puerta, mi hermana, que resollaba por el asma, la abrió con un llavín al tiempo que murmuraba:

—¡Qué raro! Juraría que al salir cerré con doble vuelta. Será que me hago vieja.

—No digas tonterías, Cándida: eres un capullo de alhelí —dije yo mecánicamente, pues el detalle de la cerradura no había dejado de inquietarme, y con razón, ya que, no bien hubo Cándida pulsado el interruptor y la luz invadido la exigua pieza única de que constaba la vivienda, estando el retrete en el rellano y haciendo aquél las veces de descansillo, nos encontramos cara a cara con el sueco, el propio sueco a quien yo había dejado durmiendo su postrero sueño en mi lecho y que ahora estaba ahí, mirándonos con sus ojos azules desorbitados desde el sillón que ocupaba con rigidez de visita pueblerina en mitad de la estancia. La pobre Cándida ahogó un grito.

—No te asustes, Cándida —dije yo cerrando la puerta a nuestras espaldas—, que no te hará nada.

—¿Qué hace aquí este fulano? —murmuró mi hermana con voz queda como si temiera que el sueco pudiera oírnos—, ¿por qué está tan serio y tan quieto?

—A la segunda pregunta puedo responder sin vacilar. En cuanto a la primera, mi ignorancia es absoluta, salvo que puedo asegurarte que no ha venido por su propio pie. ¿Sabía él tu domicilio?

—No, ¿cómo iba a saberlo?

—Podías habérselo dado.

—Nunca a un cliente. ¿Y si estuviera...? —señaló al sueco con aprensión.

—Indispuesto, en efecto. Vámonos antes de que sea demasiado tarde.

Ya lo era. Apenas pronunciadas estas agoreras palabras, sonaron golpes contundentes en la puerta y una voz varonil bramó:

—¡Policía! ¡Abran o derribamos la puerta!

Frase que demuestra el mal uso que hacen de las conjunciones nuestras fuerzas del orden, ya que, a la par que tal decían, procedieron los policías en número de tres, un inspector de paisano y dos números uniformados, a derribar la endeble puerta, a entrar en tromba blandiendo porras y pistolas y a exclamar casi al unísono:

—¡No moversus! ¡Quedáis ustedes deteníos!

Términos inequívocos ante los que optamos por obedecer levantando los brazos hasta que los dedos quedaron atrapados en las telarañas que a manera de baldaquín pendían de las vigas. Viendo nuestra actitud sumisa, los dos números procedieron a registrar el humilde domicilio de mi pobre hermana haciendo añicos con sus porras la vajilla, desencolando a puntapiés el mobiliario y orinándose en las sábanas de su pobre jergón, mientras el inspector, con una sonrisa que dejaba al descubierto muelas de oro, puentes, coronas, empastes y una considerable dosis de sarro, nos exigía que nos identificáramos con esta fórmula:

—¡Identificarse, cabrones!

Obediente, mi pobre hermana le tendió su documento nacional de identidad del que, para su desgracia, había raspado con una *gillette* la fecha de nacimiento y al que el inspector lanzó una mirada sardónica que quería decir:

—Esto no cuela.

Entre tanto, los números habían descubierto el cadáver, verificado su condición de tal y registrándolo a conciencia, a raíz de lo cual prorrumpieron en gritos alborozados de este tenor:

—¡Hurra, inspector, los haimos trincao con la mano en la massa!

A lo que el inspector no respondió, porque seguía insistiendo en que yo me identificara, cosa imposible, pues no tenía encima papeles y sí una bolsa de plástico llena de estupefacientes. Decidí jugarme el todo por el todo y recurrir a una artimaña tan vieja como eficaz.

—Amigo mío —dije con voz pausada, pero lo suficientemente alta y clara para que todos pudieran oírla—, se está usted metiendo en un lío de cuidado.

—¿Y eso? —dijo el inspector con incredulidad.

—Acérquese, pollo —dije yo bajando los brazos con lentitud, en parte para recobrar un atisbo de dignidad y en parte para disimular los efluvios axilares que con aquéllos alzados irradiaba y que habrían podido menoscabar mi predicamento—. ¿Sabe usted con quién está hablando?

—Con un mamarracho de mierda.

—Juicio ingenioso pero falaz. Está usted hablando, inspector, con don Ceferino Sugrañes, concejal del Ayuntamiento y propietario de bancos, inmobiliarias, aseguradoras, financieras, constructoras, notarías, registros y juzgados, por citar sólo una parte de mis actividades marginales. Como usted con la perspicacia propia de su oficio comprenderá, siendo quien soy no llevo encima documentación que acredite mi identidad, no sólo por mor de lo que pudiera pensar nuestro exigente electorado si de tal guisa vestido me encontrara, sino también por zafarme de los detectives que mi señora, que tiene interpuesta demanda de anulación ante la Rota, ha azuzado tras de mis huellas, pero de la cual, de mi identidad, claro está, puede dar fe mi chófer, guardaespaldas y gerente, por razones tributarias, de varias empresas con cuyos chanchullos no quiero mezclar mi nombre, que me espera en la esquina con instrucciones inabrogables de avisar al Presidente Suárez si en diez minutos no salgo solo y salvo de esta guarida adonde me ha traído engañado la arpía que aquí ven, culpable del embrollo en que me veo envuelto sin motivo ni culpa, a buen seguro con fines de robo, chantaje, sodomía y otros actos jurídicamente sancionables, cosa que ella, como veo que ya está haciendo, pretenderá negar, lo que no hace sino reforzar la veracidad de mis asertos, ya que, ¿a quién concederá usted razón, inspector, puesto en semejante encrucijada: a un honesto ciudadano, a un capitán de empresa, epítome de la burguesía rapaz, prez de Cataluña, blasón de España y fragua del Imperio o a esta antigualla grotesca, elefantiásica y aquejada, para postre, de una taladrante alitosis, hetaira de profesión como podrá comprobar si registra su bolso, que hallará repleto de condones no precisamente impolutos, a la que había prometido yo, a cambio de una contrapartida que no voy a pormenorizar, la estrafalaria suma de mil pesetas, estas mismas mil pesetas que ahora le entrego a usted, inspector, como prueba documental de cuanto aduzco?

Y sacando del bolsillo el billete de mil pesetas que había encontrado en el cadáver del sueco, lo puse en la mano del inspector, que se quedó mirando el billete con cierto anonadamiento y no sin un asomo de duda en cuanto al destino que debía darle, momento éste que aproveché para darle un cabezazo en la nariz, de la que brotó inmediatamente un chorro de sangre mientras sus labios se contraían en una mueca de dolor y emitían un denuesto entrecortado, cosas éstas que registré cuando ya saltaba por sobre los restos de la puerta derribada y me lanzaba escaleras abajo, perseguido por los números, al tiempo que gritaba:

—¡No hagas caso de lo que he dicho de ti, Cándida!, ¡era sólo un truco! —sin muchas esperanzas de que pudiera oírme en medio de la confusión ni de que, en caso de oírme, mis palabras le sirvieran de consuelo.

Una vez en la calle, vi que circulaban por ésta filas de obreros que se dirigían a sus fatigosas labores portando fiambreras y, como sea que los números iban en pos de mí y merced a su mayor envergadura, adiestramiento y entusiasmo no habrían tardado en darme alcance, me puse a gritar a pleno pulmón:

—¡Bravo por la CNT! ¡Aúpa Comisiones Obreras!

A lo que respondieron los obreros izando el

puño y profiriendo eslogans de análogo contenido. Esto provocó en los números, inadaptados aún a los cambios recientemente acaecidos en nuestro suelo, la reacción que yo había previsto y, al amparo del fragor de la batalla resultante, conseguí ponerme a salvo.

Despistados mis perseguidores y recuperado el aliento, pasé revista a la situación y concluí que ésta era en extremo desafortunada. Sólo una persona podía sacarme a mí del aprieto y a mi hermana de la cárcel adonde de fijo iría a dar con sus huesos. Llamé, por consiguiente al comisario Flores desde un teléfono público cuyo mecanismo me vi obligado a forzar con un alambre por no disponer de numerario y lo encontré en su despacho, a pesar de lo temprano de la hora. Al principio el comisario pareció sorprendido de oír mi voz, pero cuando le hube referido todo lo acontecido hasta ese momento, sin omitir mi fuga, aunque alterando ligeramente sus circunstancias, su voz se trocó de sorprendida en iracunda.

—¿Pretendes decirme, miseria, que todavía no me has averiguado nada de la niña desaparecida? —exclamó clavándome a través de la línea el garfio de sus interrogantes.

Yo había olvidado casi por completo el asunto de la niña desaparecida. Esbocé unas disculpas torpemente hilvanadas y le prometí ponerme a trabajar en el caso al punto y con ahínco.

—Mira, hijo —respondió el comisario con gran dulzura por su parte y desconcierto por la mía, ya que nunca empleaba conmigo la palabra hijo salvo que a ésta siguieran los vocablos «de la gran puta»—, lo mejor será que dejemos correr este asunto. Quizá me precipité al confiarte un cometido tan espinoso. No hemos de olvidar que estás aún... convaleciente y que este esfuerzo puede agravar tu... dolencia. ¿Por qué no vienes a la Jefatura y discutimos la cuestión tranquilamente mientras saboreamos un par de Pepsi-Colas bien frescas?

Debo admitir que los buenos modales, a los que tan poco acostumbrado estoy, ejercen sobre mí un efecto mesmérico y que las palabras del comisario Flores y la delicadeza con que fueron pronunciadas casi hicieron acudir lágrimas a mis ojos, pero no por ello su velada intención escapó a mi discernimiento, percatándome en seguida de que trataban de atraerme a la Jefatura con objeto, ¿para qué engañarnos?, de reintegrarme al manicomio transcurridas apenas veinticuatro horas de mi manumisión, por lo que respondí con la firmeza cortés que suele emplearse en aventar a los testigos de Jehová que no tenía la más mínima intención de abandonar el caso, no porque se me diese un ardite lo que hubiera podido sucederle a una niña tonta, sino porque del éxito de mi empresa dependía mi libertad.

—¡No te he preguntado tu opinión, majadero! —bramó el comisario Flores, que parecía haber recuperado de súbito su habitual talante—. Te vienes ahora mismo por las buenas o te hago traer esposado y te doy tratamiento de quinqui, que es lo que eres por herencia genética y por vocación. ¿Me has entendido, bestia?

—Le he entendido a usted, señor comisario —repliqué—, pero, con el debido respeto, me voy a permitir desoír sus consejos, porque estoy decidido a probar ante la sociedad la suficiencia de mis aptitudes y la solidez de mi cordura, así pierda la vida en el empeño. Y le prevengo a usted, con el debido respeto, de que no intente localizar mi llamada como sin duda habrá visto hacer en las películas, en primer lugar, porque tal cosa es imposible; en segundo lugar, porque llamo desde un teléfono público, y, en tercer lugar, porque voy a colgar de inmediato, por si las moscas.

Y eso hice. No tuve que recapacitar mucho para darme cuenta de que la situación, lejos de mejorar, había empeorado y, por el sesgo que tomaban los acontecimientos, llevaba trazas de empeorar aún más si no le ponía yo pronto remedio. Resolví, pues, concentrar mis energías en la búsqueda de la niña perdida y postergar para ocasión más propicia el asunto del sueco, sin dejar por ello de tomar las precauciones que mi doble condición de prófugo imponía.

Capítulo VI

EL JARDINERO ALEVE

Como primera providencia, me encaminé a un callejón cercano a la calle Tallers en el que una clínica adyacente amontonaba sus basuras y donde esperaba encontrar, rebuscando entre éstas, algo que permitiera disfrazar mi identidad, como, por ejemplo, algún residuo humano que pudiera yo aplicar sobre mis rasgos con objeto de alterarlos ligeramente. No tuve suerte y hube de conformarme con unas hilas de algodón en rama no demasiado sucias, con las que y mediante un cordelito compuse una barba larga y patriarcal que no sólo dificultaba mi identificación, sino que me confería un aspecto respetable y aun imponente. De tal embozo provisto, volví a colarme en el metro, que había de conducirme por segunda vez a las inmediaciones del colegio de las madres lazaristas de San Gervasio.

Durante el trayecto hojeé una revista que había sustraído del quiosco de la estación y que juzgué por sus sanguinolentas tapas consagrada a crímenes y violencias. Buscaba la noticia de la muerte del sueco y los detalles que el reportero hubiera podido recopilar al respecto, pero no venía nada. Sí venían en cambio, fotos de tías en pelotas. «A Ilsa le va el sol», rezaba un artículo de fondo con más ilustración que texto. A los muslos de marfil, senos de alabastro y glúteos de pedernal de Ilsa les sentaba bien una Costa Brava milagrosamente desierta. Supuse que la foto había sido echada en invierno o que la playa en cuestión era de cartón-piedra. Los españoles, según la tesis de Ilsa, eran todos unos cachondos. Dejé la revista en el asiento. El cristal cochambroso de la ventanilla me devolvió la imagen de un fulano no joven, no guapo y no precisamente cachondo. Suspiré con una miaja de tristeza.

«Ay, Ilsa, hija mía —pensé—, ¿dónde andabas metida cuando yo te necesitaba?»

Llegado el metro a su meta, me apeé, afloré a la superficie y encontré esta vez el internado a la primera intentona.

De las observaciones practicadas la noche anterior había yo deducido que un jardín tan esmeradamente cuidado como el que circundaba el colegio necesitaba por fuerza un jardinero y columbré que tal individuo, ajeno a la comunidad religiosa y a la par inmerso en ella, sería un primer eslabón asequible en la retahíla de pesquisas que me proponía realizar. Supuse también que un individuo cuya vida transcurriera en tan austero medio no sería refractario a un obsequio frívolo, por lo que, aprovechando un descuido providencial de la dependienta de un colmado, me apropié de una botella de vino y la oculté entre los pliegues de la camisa. Sin embargo, cuando avistaba los muros inexpugnables de la severa institución docente, ponderé los efectos del vino en el comportamiento humano y los consideré profundos pero lentos para mis propósitos. Abrí la botella sin sacacorchos, porque el tapón era de plástico, y extrayendo del bolsillo la bolsita de estupefacientes que el sueco me había legado, disolví en el vino los polvos de coca, las pastillas de anfetamina y los papelitos de LSD. Agité la mezcla, volví a ocultar la botella entre mis ropas y me fui derecho y aplomado en busca de mi hombre, a quien encontré no lejos de la verja, a la sazón abierta de par en par, entregado a sus quehaceres. Era un tipo joven, algo rudo de aspecto. Recortaba un macizo de lindas flores mientras entonaba una canción y saludó mi presencia con el gruñido propio de quien no desea ser interrumpido.

—Buenos días nos dé Dios —dije yo sin desalentarme por su hosca recepción—. ¿Tengo por ventura el gusto de hablar con el jardinero de esta magnífica mansión?

Hizo un gesto afirmativo y blandió, quizá sin mala intención, la terrible podadera que en sus recias manos sujetaba. Yo sonreí.

—Soy, en tal caso, afortunado —dije—, porque he venido de muy lejos a conocerle a usted. Permítame, ante todo, que me presente: soy don Arborio Sugrañes, profesor de lo verde en la universidad de Francia. Y permítame añadir, acto seguido, que este jardín, aunque usted tal vez lo ignore, es famoso en el mundo entero. No quería yo, que tantos años de estudio le he dedicado, jubilarme sin conocer a la persona cuyo esmero, tesón y entrega han hecho posible este milagro. ¿Aceptaría usted, maestro, como prueba de admiración y a título de homenaje, un trago de vino traído de mi tierra especialmente para esta solemne ocasión?

Y sacando la botella de vino, la mitad del cual,

por estar aquélla abierta, se había derramado empapando mi camisa y los extremos de mi barba, se la ofrecí al jardinero, que la cogió por el cuello y me miró con distintos ojos.

—Haber empezado por ahí —dijo—, ¿qué coño quiere?

—Primero —dije yo—, que sacie usted su sed a mi salud.

—¿No tiene un gusto un poco raro este vino?

—Es de una cosecha especial. Sólo hay dos botellas en el mundo.

—Aquí dice: Pentavín, vino común —dijo el jardinero señalando la etiqueta.

Le hice un guiño de complicidad.

—La aduana... ya me entiende —dije para ganar tiempo hasta que el mejunje surtiera sus efectos, que ya se hacían sentir en las pupilas y la voz del jardinero—. ¿Le ocurre algo, querido amigo?

—Me da vueltas la cabeza.

—Será la canícula. ¿Qué tal le tratan las monjitas?

—Podría quejarme, pero no me quejo. Con tanto desempleo...

—Tiempos difíciles, en efecto. Estará usted al corriente de todo lo que pasa en el colegio, digo yo.

—Algo sé, aunque soy discreto. Si es usted de un jodido sindicato, no le voy a decir nada. ¿Le importa si me quito la camisa?

—Está usted en su casa. ¿Es cierto lo que dicen por ahí las malas lenguas?

—Ayúdeme a desatarme los zapatos. ¿Qué dicen las malas lenguas?

—Que desaparecen niñas de los dormitorios. Yo, claro está, me niego a creerlo. ¿Le quito también los calcetines?

—Sí, por favor. Todo me aprieta. ¿Decía usted?

—Que desaparecen niñas por la noche.

—Es cierto, sí. Pero yo no tengo nada que ver en el asunto.

—Ni yo insinúo tal cosa. ¿Y por qué cree usted que desaparecen estos angelitos?

—¡Qué sé yo! Estarán preñadas, las muy guarras.

—¿Son acaso las costumbres licenciosas en el internado?

—No, que yo sepa. Si a mí me dejaran, cagüén, ya lo serían, ya.

—Permítame que le sostenga la podadera, no vaya a lastimarse o a lastimarme a mí inadvertidamente. Y sígame contando la historia ésa de la desaparición.

—Yo no sé nada. ¿Por qué hay tantos soles?

—Un milagro será. Hábleme de la otra niña, la que desapareció hace seis años.

—¿También de eso se ha enterado?

—Y de mucho más. ¿Qué pasó hace seis años?

—No lo sé. Yo no estaba aquí.

—¿Quién estaba?

—Mi antecesor. Un viejo chiflado. Tuvieron que despedirlo.

—¿Cuándo?

—Hace seis años: el tiempo que llevo yo trabajando aquí.

—¿Por qué despidieron a su antecesor?

—Por conducta impropia. Me malicio que era uno de esos pajilleros que andan haciendo fuentes delante de las niñas. Tenga: le regalo mis pantalones.

—Gracias: un corte principesco. ¿Cómo se llamaba su antecesor?

—Cagomelo Purga. ¿Por qué lo pregunta?

—Limítese a contestar, caballero. ¿Dónde puedo encontrar a su antecesor?, ¿a qué se dedica ahora?

—A nada, me imagino. Lo encontrará en su casa. Sé que vivía en la calle de la Cadena, pero no recuerdo el número.

—¿Dónde estaba usted la noche que desapareció la niña?

—¿Hace seis años?

—No, hombre: hace un par de días.

—No me acuerdo. Viendo la tele en el bar, de putas... algo haría.

—¿Cómo es posible que no se acuerde usted? ¿No le ha refrescado la memoria el comisario Flores así y así? —y le propiné dos ruidosas bofetadas que le provocaron una incontenible hilaridad.

—¿La poli? —dijo muerto de risa—, ¿qué poli? Yo no he tenido contacto con la poli desde que estrangulé al jodido argelino aquél, hace ya tiempo. ¡Perro sarraceno! —escupió en las adelfas

—¿Cuánto tiempo?

—Seis años. Ya lo había olvidado. Es curioso cómo el vino refresca la memoria y agudiza los sentidos. Siento que todo mi ser palpita al unísono con estos árboles añosos. Ahora me conozco mejor. ¡Ah, qué experiencia recomendable! ¿No me daría otro trago, buen señor?

Le dejé que se terminara la botella, porque la revelación que acababa de hacerme me había dejado perplejo. ¿Cómo era posible que el comisario Flores, tan meticuloso, no hubiera interrogado al jardinero, sobre todo teniendo éste como al parecer tenía antecedentes penales? Y, al levantar los ojos para cavilar más a mis anchas, descubrí en un balcón la figura draconiana de la madre superiora, a la que, como se recordará, había conocido en el manicomio el día anterior, la cual no sólo me vigilaba, sino que hacía aspavientos agitados y abría la boca en pronunciamientos que la distancia no me dejaba oír. Al punto se reunieron con ella en el balcón dos figuras de gris, que tomé al principio por novicias y luego, a la vista de los correajes y ametralladoras, por lo que eran: policías. La monja les dirigió la palabra y luego, volviéndose, me señaló con dedo acusador. Los policías giraron sobre sus talones y desaparecieron del balcón.

No me preocupé demasiado. El jardinero se había puesto los calzoncillos por caperuza y salmodiaba mantras. Sin que opusiera resistencia, lo coloqué en dirección a la verja y aguardé a que los policías aparecieran en la puerta del colegio. Cuando salieron éstos a la carrera, dije al jardinero:

—¡Corre, que te persigue un sapo!

Partió el jardinero despavorido mientras yo me inclinaba sobre el macizo de flores y cortaba tallos al buen tuntún con la podadora que momentos antes le había arrebatado. Tal como había previsto, los policías se pusieron a perseguir al jardinero sin atender a los gestos desesperados de la madre superiora, que, desde el balcón, trataba inútilmente de deshacer el malentendido. Esperé a que el fugitivo y los policías se hubieran perdido calle arriba, dejé mis barbas postizas prendidas de un rosal y me fui tan tranquilo calle abajo, no sin antes haber dirigido a la desolada monja un ademán que quería decir:

—Disculpe las molestias y siga confiando en mí: no me he desentendido aún del caso.

Mientras me alejaba en dirección al metro, oí tabletear a lo lejos una ametralladora. Y, como sea que este capítulo ha quedado un poco corto, aprovecharé el espacio sobrante para tocar un extremo que sin duda preocupará al lector que hasta este punto haya llegado, a saber, el de cómo me llamo. Y es que es éste tema que requiere explicación.

Cuando yo nací, mi madre, que otras ligerezas por temor a mi padre no se permitía, incurría, como todas las madres de ella contemporáneas, en la liviandad de amar perdida e inútilmente, por cierto, a Clark Gable. El día de mi bautizo, e ignorante como era, se empeñó a media ceremonia en que tenía yo que llamarme Loquelvientosellevó, sugerencia ésta que indignó, no sin causa, al párroco que oficiaba los ritos. La discusión degeneró en trifulca y mi madrina, que necesitaba los dos brazos para pegar a su marido, con el que andaba cada día a trompazo limpio, me dejó flotando en la pila bautismal, en cuyas aguas de fijo me habría ahogado si... Pero esto es ya otra historia que nos apartaría del rumbo narrativo que llevamos. De todas formas, el problema carece de sustancia, ya que mi verdadero y completo nombre sólo consta en los infalibles archivos de la DGS, siendo yo en la vida diaria más comúnmente apodado «chorizo», «rata», «mierda», «cagallón de tu padre» y otros epítetos cuya variedad y abundancia demuestran la inconmensurabilidad de la inventiva humana y el tesoro inagotable de nuestra lengua.

Capítulo VII

EL JARDINERO MORIGERADO

La calle de la Cadena es corta y no me fue difícil averiguar el domicilio específico del antiguo jardinero del colegio, a quien todo el vecindario parecía conocer y apreciar. En el curso de mis pesquisas averigüé también que el individuo en cuestión, habiendo enviudado tiempo atrás, vivía solo y, por añadidura, muy escaso de medios. En temporada taurina ganaba su sustento recogiendo boñigas en la Monumental, que vendía luego a los agricultores del Prat; en los meses de invierno subsistía prácticamente de la caridad ajena. Don Cagomelo Purga me recibió con extrema amabilidad. Su vivienda era un cuartito destartalado donde se amontonaban un camastro, una mesilla de noche sepultada bajo una pila de revistas amarillentas, una mesa, dos sillas, un armario sin puerta y un fogoncillo eléctrico en el que hervía una cacerola. Pregunté por el inodoro, porque precisaba orinar, y me señaló el ventanuco.

—Por deferencia a los viandantes —me dijo—, cuando vea que le va a salir, grite: ¡agua va! Y procure que las últimas gotas caigan fuera, porque el ácido úrico corroe las baldosas y no tengo yo edad de andar fregando a todas horas. Si la ventana le resulta alta, coja una silla. Yo antes meaba a pie firme, pero con los años me he ido encogiendo. Años atrás teníamos un bacín de loza muy cómico, con un ojo y esta leyenda: te veo. A mi llorada esposa, que en paz descanse, le daba mucha risa cada vez que lo usaba. Cuando Dios la llamó a su lado, insistí en que la enterrasen con el bacín. Era el único regalo que pude hacerle en treinta años de matrimonio y me habría parecido una infidelidad seguir usándolo en su ausencia. Con la ventana me arreglo. Para hacer mayores es un poco incómodo, claro, pero la práctica lo facilita todo, ¿no cree usted?

Aborreciendo como aborrezco la petulancia, me cayó bien la llaneza del antiguo jardinero y marido, el cual, mientras yo desahogaba la vejiga, volvió a la tarea que mi llegada había interrumpido. Cuando me reuní con él junto a la mesa, vi que estaba ensamblando con ayuda de un tubito de pegamento Imedio los fragmentos de su dentadura postiza.

—Se me rompió ayer contra el reclinatorio de la iglesia —me explicó—. Castigo del cielo: me había dormido durante la visita al santísimo. ¿Es usted piadoso?

—No tengo otra cualidad que mi acendrada devoción —dije.

—Ni hay mejor credencial en este mundo ni en el otro. ¿En qué puedo servirle?

—Le hablaré sin rodeos. Tengo entendido que fue usted jardinero del colegio de las madres lazaristas de San Gervasio.

—La época más feliz de mi vida, sí, señor. Cuando yo llegué, lo que hoy es el jardín era una selva agreste. Yo lo convertí, con la ayuda de Dios, en un vergel.

—El más bonito que he visto en mi vida. ¿Por qué estaba tan descuidado el jardín?

—La propiedad había estado abandonada muchos años. ¿Puedo ofrecerle algo de beber, señor...?

—Sugrañes. Fervoroso Sugrañes, para servir a Dios y a usted. ¿No tendrá por casualidad una Pepsi-Cola?

—Oh, no. Mi peculio no me permite estos lujos. Puedo darle agua del grifo, o si gusta, un poco de caldito de acelgas que me estaba haciendo.

—Se lo agradezco, pero acabo de almorzar —mentí para no privarle de su parca colación—. ¿Qué era el colegio antes de ser colegio?

—Ya se lo he dicho: nada. Un caserón abandonado.

—¿Y antes?

—No lo sé. Nunca tuve curiosidad por saberlo. ¿Es usted agente de la propiedad?

Por su pregunta comprendí que aquel producto marginal de nuestra fiesta brava estaba medio ciego.

—Hábleme de su trabajo en el colegio. ¿Decía usted que le pagaban bien?

—No, qué va. Dije que fueron los años más felices, pero no me refería al aspecto crematístico. Las monjas me pagaban por debajo del sueldo mínimo y nunca me afiliaron a la seguridad social ni al montepío de jardineros. Fui feliz porque me gustaba el trabajo y porque me permitían asistir a la capilla cuando no estaban las niñas.

—¿No tenía ningún contacto con las niñas?

—Sí, ya lo creo. Durante los recreos tenía que

69

andar vigilando que no me estropeasen las flores. Eran unos diablillos: robaban ácidos del laboratorio y los echaban en los parterres. También ocultaban vidrios entre las hierbas para que me cortara las manos. Unos diablillos, ya le digo.

—Le gustan las criaturas, ¿verdad?

—Mucho. Son una bendición del Señor.

—Pero usted no tiene hijos.

—Nunca hicimos uso del matrimonio, mi esposa y yo. A la antigua usanza. Hoy en día la gente se casa por hacer cochinadas. No, no debería decir eso: no juzguéis y no seréis juzgados. Y bien sabe Dios que a veces nos fue difícil resistir la tentación. Imagínese usted: treinta años durmiendo juntos en ese camastro tan estrecho. El Altísimo nos dio fortaleza. Cuando las pasiones estaban a punto de vencernos, yo le pegaba a mi esposa con el cinturón y ella me daba a mí con la plancha en la cabeza.

—¿Por qué dejó usted el empleo? En el colegio, quiero decir.

—Las monjas decidieron jubilarme. Yo me sentía bien de salud y en plenitud de mis fuerzas, y aún me siento así, gracias a Dios, pero no me consultaron. Un día me llamó la madre superiora y me dijo: Cagomelo, acabas de jubilarte, que sea para bien. Y me dieron una hora para recoger mis cosas y marcharme.

—Le pagarían una buena indemnización.

—Ni un duro. Me regalaron un cuadro del santo padre fundador y una suscripción gratuita por un año a la revista del colegio: *Rosas para María*.

Señaló un cuadro que colgaba sobre el camastro, en el que se veía a un caballero vestido de rojo cuyo rostro guardaba un sorprendente parecido con Luis Mariano. De la cabeza del santo salían rayos de luz. En la mesilla de noche se amontonaban las revistas en las que ya había yo reparado al entrar.

—Las hojeo antes de dormir. Traen jaculatorias y ejemplos del mes de mayo. ¿Le gustaría leerlas?

—En otra ocasión me encantaría. ¿Es verdad que poco antes de su jubilación hubo un extraño incidente en el colegio? Se murió una niña o algo por el estilo.

—¿Morirse? ¡No lo permita la inmaculada concepción! Desapareció unos días, pero el ángel de la guarda la devolvió sana y salva.

—¿Conocía usted a la niña?

—¿A Isabelita? ¡Claro! Era un diablillo.

—¿Isabelita Sugrañes un diablillo?

—Isabelita Peraplana. Sugrañes es usted, si no recuerdo mal.

—Tengo una sobrina que se llama así: Isabelita como su madre y Sugrañes como su padre y como yo. A veces me armo un lío. Hábleme de ella.

—¿De Isabelita Peraplana? ¿Qué le voy a contar? Era la más bonita de su curso, la más, ¿cómo le diría?... virginal. La preferida de las madres, el ejemplo que todas debían seguir. Muy aplicada y muy devota.

—Pero también era un diablillo.

—¿Isabelita? No, ella no. La otra la incitaba y ella le seguía el juego, de puro inocente.

—¿Qué otra?

—Mercedes.

—¿Mercedes Sugrañes?

—No, tampoco. Mercedes Negrer se llamaba. Eran uña y carne, ¡y tan distintas! ¿Dispone usted de un momento? Le enseñaré las fotos.

—¿Tiene usted fotos de las niñas?

—Claro: en las revistas.

Fue a la mesilla de noche y regresó cargado de revistas.

—Busque usted la de abril del 71. Mi vista ya no es la que fue.

Encontré la revista que me indicaba y fui pasando las hojas hasta dar con la sección titulada: Flores de nuestro Jardín. Cada foto ocupaba media página y encuadraba un curso entero, retratado en la escalinata de entrada a la capilla, de forma que las cabezas de las niñas iban sobresaliendo de hilera en hilera.

—Busque a las de quinto. ¿Las ha encontrado? Permítame.

Acercó tanto la revista a la cara que temí que se sacara un ojo. Cuando la separó, había babas adheridas al papel.

—Ésta es Isabelita: la rubia de la última fila. Y la de su lado es Mercedes Negrer. La de la izquierda. La de la izquierda de la foto, no la de su izquierda de usted. ¿Las localiza?

Por alguna razón que no pude precisar entonces, la foto del quinto curso me produjo una vaga sensación de tristeza. Recordé fugazmente las fotos de Ilsa, la de carnes geológicas, la que se paseaba por nuestra recortada costa exhibiendo sus encantos y emitiendo generalidades sobre nuestra fatigada raza.

—Sí, una niña preciosa, en efecto. Veo que tenía usted buen gusto —dije.

Procuré retener en la memoria los rasgos de Isabelita Peraplana, devolví la revista al montón y dije con fingida ignorancia:

—¿Por qué me ha enseñado la foto de quinto curso? Yo no tengo estudios, pero creo que en aquella época el bachillerato constaba no de cinco, sino de seis cursos.

—Cree usted bien: seis y el preu, que se hacía en el instituto. Isabelita no acabó el bachillerato.

—¿Por qué? ¿No era muy aplicada?

—Sí lo era, la que más. La verdad, no sé lo que pasó. Yo salí del colegio, como le contaba antes, ese mismo año y no volví a saber más de las niñas. Durante un tiempo esperé que alguna viniera a visitarme, pero ninguna lo hizo.

—¿Cómo sabe usted, entonces, que Isabelita dejó los estudios?

—Porque ya no aparece su foto en la revista de abril del año siguiente, que recibí gracias a la suscripción con que las monjas me habían obsequiado.

—¿Me permite comprobarlo por mí mismo?

—Tenga la bondad.

Busqué y encontré la revista de abril del 72 y en ella la foto de sexto. Isabelita no estaba, pero eso lo sabía yo ya, porque me lo había dicho la madre superiora en el manicomio. Lo que yo indagaba era otra cosa y mis sospechas se confirmaron: Mercedes Negrer también había desaparecido del retrato. Aunque seguía viéndolo todo muy confuso, las piezas del rompecabezas empezaban a encajar. Rehíce el montón de revistas y me levanté, dispuesto a despedirme del hospitalario jardinero, a quien agradecí mucho sus atenciones.

—Estoy para servirle —dijo él—. Sólo hay una cosa que quisiera preguntarle, si no es molestia.

—Usted dirá.

—¿A qué ha venido?

—Me consta que ha quedado vacante la plaza de jardinero en el colegio. Pensé que podría interesarle, si aún se ve con ánimos. Si es así, preséntese dentro de un par de días y no diga que va de mi parte: problemas sindicales.

—Con Franco vivíamos mejor —murmuró el anciano jardinero.

—Y usted que lo diga —corroboré yo.

CAPÍTULO VIII

INTRUSIÓN PREMARITAL

La casa de los Peraplana, a la que localicé por la guía de teléfonos, ya que sólo había dos Peraplana y el otro era callista en la Verneda, era la única torre de la calle de la reina Cristina Eugenia. Las restantes casas de la calle eran edificios de pisos de lujo, de ladrillo rojo, grandes ventanales y porterías deslumbrantes, en las que no faltaban porteros ataviados con casacas variopintas. Frente a una de estas porterías de ensueño se había congregado un grupo de criadas uniformadas a las que me dirigí con un contoneo chulapón de mucho efecto entre el sexo débil.

—Hola, guapas —dije con aire retrechero.

Mi desenfado fue recibido con risitas y gorjeos.

—Mira tú quién ha venido —exclamó una de las criadas—: Sandokán.

Dejé que se burlaran un rato y luego fingí profunda tristeza. Pellizcándome con disimulo el perineo logré que unas lágrimas afloraran a mis ojos. Las criaditas, que en el fondo eran todo corazón, se compadecieron de mí y me preguntaron qué me pasaba.

—Una cosa tristísima que os voy a contar. Me llamo Toribio Sugrañes y fui compañero de mili

75

del señor Peraplana, el que vive ahí, en esa torre tan bonita. Él hacía las prácticas de alférez y yo era turuta. Un día, en el campamento, una mula que iba alta estuvo a punto de darle una tremenda coz a Peraplana; yo me interpuse y le salvé la vida a costa de perder este colmillo cuya vacante podéis apreciar. Como cabe suponer, Peraplana me quedó muy agradecido y me juró que si alguna vez necesitaba algo no tenía más que acudir a él. Han transcurrido muchos años y me encuentro, como podéis inferir por mi aspecto, en una penosa situación. Recordando la promesa de antaño, he venido esta mañana a llamar a la puerta de Peraplana con ánimo de recordarle su deuda de gratitud, y, ¿qué creeréis que me he encontrado?, ¿unos brazos abiertos?, ¡quiá! ¡Una patada en el culo!

—¿Pues qué esperabas, macho? —intercaló una de las criadas.

—¿De qué huerto bajas? —recabó otra.

—No, si éste hasta creerá que los niños vienen de París —se mofó una tercera.

—No os riáis —dijo la que parecía más sensata y que no debía de contar más allá de dieciséis añitos: una guinda confitada—. Todos los ricos son unos cabrones. Me lo ha dicho mi novio que es del PSUC.

—No seáis malas —reconvino una quinta a quien el uniforme, algo corto, dejaba entrever unos jamones muy apetitosos—. Han pasado muchos años desde lo de la mula, años que, por cierto, han hecho más mella en el señor Peraplana que en ti, caloyo. ¿Estás seguro de que hicisteis el servicio juntos?

—Sí, pero yo lo hice en cuando entré en caja y a Peraplana le concedieron todas las prórrogas.

Eso vale por la diferencia de edad que tan sagazmente has advertido, guapa.

La de los jamones pareció satisfecha con esta improvisada explicación y añadió:

—Según tengo entendido, los Peraplana son buenas personas. Pagan bien y no dan guerra. Es posible que ahora ande todo manga por hombro en la casa, con la boda de la niña.

—¿Se casa Isabelita? —pregunté.

—¿También ella hizo la mili contigo? —preguntó la jamona, cuyas artes deductivas la estaban convirtiendo en un peligro.

—En el permiso de jura Peraplana dejó preñada a su novia en Salou y cuando nos dieron la verde se casó de penalty. Me dijo que si tenía una niña le pondría Isabelita. ¡Cómo pasa el tiempo!, y ¡cómo me gustaría ver ahora a la niña! ¡Qué de recuerdos!

—Pues no creo que te inviten a la boda, chatungo —atajó la novia del psuquero—. Dicen que el novio está forrado.

—¿Y es guapo? —quiso saber otra.

—Parece un locutor de Telediario —sentenció la guinda confitada.

Se había hecho tarde y las criadas se dispersaron como una bandada de tórtolas que, sobresaltada por un ruido súbito, alza el vuelo defecando para aligerar su peso. Me quedé solo en la calle, muy tranquila a la sazón, y dediqué unos segundos a trazar un plan para cuya ejecución recurrí una vez más a los cubos de basura, que se habían convertido para mí en ventajoso sustituto del Corte Inglés. Una caja, unos papeles, un cordel y otros adminículos me bastaron para componer un paquete, provisto del cual me dirigí a la casa de los Peraplana. Crucé un refrescante jardín en cuya grava reposaban dos Seats y un Renault y donde había un surtidor de mármol, un balancín y una mesa blanca, protegida por un parasol listado. Ante la puerta de cristal emplomado que daba acceso a la casa me detuve y pulsé el timbre que en vez de hacer ring hizo tin-tan. A la llamada acudió un mayordomo tripón a quien saludé con una venia.

—Soy de la joyería Sugrañes del Paseo de Gracia —dije— y traigo un regalo de bodas para la señorita Isabel Peraplana. ¿Está la señorita?

—Sí, pero no puede atenderle ahora —dijo el mayordomo—. Déme el paquete y yo se lo haré llegar.

Sacó del bolsillo un par de monedas de diez duros y, muerto de hambre como estaba, ponderé la conveniencia de aceptarlos y salir corriendo. Pero vencí tan mezquina inclinación y puse el paquete a salvo del mayordomo mediante un quiebro de cintura.

—La señorita tiene que firmar el albarán —dije.

—Yo estoy autorizado a firmar —dijo el altanero mayordomo.

—Pero yo no estoy autorizado a efectuar la entrega si la señorita Isabel Peraplana no me firma de su puño y letra y en mi presencia. Norma de la casa.

Mi firmeza hizo vacilar al mayordomo.

—La señorita no puede salir ahora, ya le he dicho: está probando con la modista.

—Hagamos una cosa —propuse yo—: llame usted por teléfono a la joyería y si ellos me lo permiten yo con sumo gusto aceptaré no ya su firma, sino su palabra de honor.

Bastante convencido por mis plausibles razones, el mayordomo me franqueó la entrada. Rogué a todos los santos que no hubiera teléfono en el vestíbulo y mi plegaria fue atendida. El vestíbulo era una pieza circular de techo alto y abovedado. Casi no había muebles y sí maceteros con palmeritas y unas figuras de bronce que representaban tiorras en cueros y enanillos. El mayordomo me indicó que esperara allí mientras él telefoneaba desde el ofis. Yo siempre había creído que el ofis era un mingitorio, pero no exterioricé mi extrañeza. Preguntado cuál era el teléfono de la joyería, respondí que no lo recordaba.

—Busque usted en la guía por Joyería Sugrañes. Si no está, busque por Sugrañes Joyeros. Y si tampoco está por Objetos de Valor Sugrañes. Y pregunte por Sugrañes padre. El hijo es un débil mental sin facultades decisorias.

Apenas hubo desaparecido el mayordomo, subí de cuatro en cuatro los escalones alfombrados que arrancaban del fondo del vestíbulo y, una vez en el piso superior, empecé a meter la cabeza en todas las habitaciones hasta que, al tercer intento, di con la que buscaba, pues en ella había dos personas, una de cierta edad, que debía de ser la modista, ya que llevaba en el brazo, como un galón de cabo primera, un almohadoncito lleno de alfileres. En la otra persona reconocí de inmediato a Isabel Peraplana, a pesar del tiempo transcurrido entre la foto que acababa de mostrarme el virtuoso jardinero y la mujer que ahora tenía frente a mí en toda la plenitud de su hermosura, que era para parar un tren. Su cabellera rubia caía en ondas sobre sus hombros delicados y venía rematada por una diadema de florecillas blancas. Por toda otra vestimenta llevaba un diminuto sostén blanco y unas braguitas de puntillas por entre cuyo celaje se colaba algún que otro ricito dorado. Para completar la pintura añadiré que ambas mujeres tenían la boca abierta y que por ambas bocas salían gritos de espanto provocados, a no dudar, por mi inesperada intromisión.

—Traigo un regalo precioso de la joyería Sugrañes —me apresuré a decir al tiempo que agitaba el falso paquete en cuyo interior tintineaban dos latas vacías de sardinas que había colocado yo para dar la ilusión de metales nobles.

Pero ni siquiera eso logró aplacar la consternación de las dos mujeres. Resuelto a todo, avancé hacia la modista y rugí:

—¡Te como, pichón!

Ante lo cual salió la modista al pasillo dejando tras de sí un rastro de alfileres como Pulgarcito dejaba migas de pan y pidiendo socorro a pleno pulmón. Libre ya de la modista, cerré la puerta y eché el pestillo. Hecho esto me volví a Isabelita Peraplana, que me miraba muda de terror mientras trataba de cubrir sus carnecitas con las manos, cosa que me habría sacado de quicio si no hubiera yo traído un importante mensaje que dar.

—Señorita Peraplana —dije atropelladamente—, sólo tenemos unos instantes. Procure escucharme con toda atención. No soy recadero de la joyería Sugrañes. No creo siquiera que exista tal firma comercial. Este paquete contiene sólo unas latas vacías y no cumple otro propósito que el de permitirme la entrada en esta casa, allanamiento que he osado cometer para poder hablar con usted en privado. No tiene nada que temer de mí. Soy un ex delincuente, libre sólo desde ayer. Me busca la policía para encerrarme otra vez en el manicomio, porque creen que estoy envuelto en la muerte de un hombre o quizá de dos, según si los de la metralleta acertaron o no al jardinero. También ando metido en asunto de drogas: cocaína, anfetaminas y ácido. Y mi pobre hermana, que es puta, está en chirona por mi culpa. Ya ve usted en qué dramática tesitura me hallo. Repito que no tiene nada que temer: ni estoy loco como pretenden ni soy un criminal. Cierto es que huelo un poco a sobaco y a vino y a basura, pero todo ello tiene una explicación muy sencilla que le daría de mil amores si dispusiera de un tiempo del que por desgracia no dispongo. ¿Me sigue usted?

Dijo que sí por señas, pero no parecía muy convencida. Pensé que sería una niña malcriada por el exceso de mimo.

—Sólo quiero que entienda usted bien una cosa —seguí diciendo mientras al otro lado de la puerta vociferaba el mayordomo que abriera de inmediato—: del éxito de mis pesquisas dependen mi libertad y la de mi pobre hermana. Esto para usted puede no tener la menor importancia, sobre todo en vísperas de su boda con un muchacho pudiente y agraciado, según me han dicho las criadas del barrio, y afortunado, añado yo a la vista de lo que se lleva, con motivo de lo cual quisiera, de paso, formular votos por su eterna felicidad. Pero es preciso, como le decía...

—¡La policía está en camino! —oí gritar al mayordomo—. ¡Salga con las manos en alto y no le pasará nada!

—... es preciso, como le decía, que resuelva un caso y para ello me es indispensable su cooperación, señorita Isabel.

—¿Qué quiere de mí? —murmuró la joven con voz entrecortada.

—Usted fue alumna del colegio de las madres lazaristas de San Gervasio, ¿no es verdad? Sí, sí es verdad, porque yo lo sé y porque he visto su foto en el número de abril del 71 de *Rosas para María*.

—Fui a ese colegio, es verdad.

—No fue: estaba usted interna en ese colegio. Lo estuvo hasta quinto de bachillerato. Era usted una alumna buena y aplicada, las monjitas la adoraban. Pero una noche desapareció.

—No sé de qué me está usted hablando.

—Una noche desapareció misteriosamente del dormitorio, cruzó varias puertas cerradas, atravesó el jardín sin que los perros advirtieran su paso, salvó una verja o un muro inexpugnables y se perdió en lo desconocido.

—Está usted rematadamente loco —intercaló la joven.

—Desapareció sin dejar rastro y toda la policía de Barcelona no pudo dar con su paradero hasta que dos días más tarde rehízo usted el mismo camino y se reintegró a su dormitorio como si nada hubiera pasado. Y dijo usted a la madre superiora que no recordaba lo ocurrido, pero eso no puede ser. No puede ser que no recuerde usted haber realizado por dos veces consecutivas tamañas proezas, ni puede ser que no recuerde qué hizo y dónde se ocultó durante los dos días que estuvo eclipsada del reino de los vivos. Cuénteme usted qué pasó. Cuéntemelo, por el amor de Dios, y habrá contribuido usted a salvar a una niña inocente de una suerte incierta y a obtener la rehabilitación social de un pobre ser humano que sólo persigue el respeto de sus semejantes y una buena ducha.

Sonaron unos taconazos en el pasillo y unos decididos trompazos en la puerta: la policía. Miré angustiado a la joven.

—¡Por favor, señorita Isabel!

—No sé de qué me habla. Le juro por lo que más quiera que no sé de qué me habla.

Había una desesperada sinceridad en su voz, pero aunque lo hubiera dicho a carcajadas no habría tenido yo más que aceptar la respuesta que me hubiera dado, porque ya cedían los goznes de la puerta y asomaba la porra enhiesta de un policía por entre las astillas del panel superior. Me limité, pues, a pedir disculpas por las molestias causadas y me arrojé de cabeza por la ventana cuando ya el primer representante de la autoridad tendía hacia mí su mano reglamentariamente enguantada.

Caí sobre la capota de uno de los Seats aparcados en la grava y salvo que me rasgué los pantalones con la antena por la parte posterior, sumándome así a la ola de erotismo que nos invadía y a la que eran proclives nuestras vedets, ávidas de mostrar hoy fláccidas las carnes que un ya lejano ayer prietas cubrían, no sufrí daños materiales de mayor envergadura. El policía, sin duda considerando que los emolumentos que percibía no justificaban el riesgo de saltar en mi pos, se contentó con vaciar el cargador de su metralleta sobre el Seat, en el que yo ya no estaba, dejando motor, carrocería y cristales como un queso de Gruyere. Diré de pasada que no ignoro que el queso Gruyere no tiene agujeros, perteneciendo éstos más bien a otra marca cuyo nombre he olvidado, y que he utilizado el parangón que antecede porque en el habla común de nuestra tierra suele identificarse con el primero de ambos quesos, el Gruyere, toda superficie horadada. Agregaré asimismo que me desilusionó un poco que el coche acribillado no explotara como hacen siempre análogos mecanismos en las series de televisión, aunque ya se sabe que entre la realidad y la fantasía media un abismo y que el arte y la vida no siempre corren parejas.

Brinqué, pues, como iba diciendo, del coche al suelo y otrosí por sobre el seto y con pasmosa agilidad corrí por la calle usando la cabeza a modo de ariete para abrirme paso entre el gentío que los gritos y los tiros habían congregado. Quiso la suerte que la policía determinara *a priori* que se enfrentaba a un probable violador y actuara con la ligereza y condescendencia propias del caso, y no a un terrorista, contingencia en la cual habría procedido a rodear la manzana y a emplear la moderna tecnología de que dispone.

Una vez a salvo, recapitulé: la entrevista con Isabel Peraplana podía tacharse sin ambages de fracaso y los peligros por ella arrostrados, de desmedidos en relación con el beneficio redituado. Pero no me sentía del todo encogido, porque aún me quedaba por jugar la última baza, materializada en la persona de Mercedes Negrer, cuyo nombre hasta pocas horas antes todos habían silenciado por motivos que se me antojaban enjundiosos.

CAPÍTULO IX

UNA EXCURSIÓN AL CAMPO

Había diez Negrer en la guía telefónica. Siempre me he preguntado por qué las autoridades consienten en la repetición de apellidos, privando a éstos de toda utilidad y fomentando así la confusión entre los ciudadanos. ¿Qué haría nuestro eficaz servicio postal si veinte localidades se llamaran, pongamos por caso, Segovia?, ¿cómo se recaudarían las multas si muchos coches llevaran idéntica matrícula?, ¿qué satisfacciones gastronómicas obtendríamos si todos los ítems de un menú se apodaran sopa de caldo?

No era, empero, la ocasión propicia para concebir reformas registrales y dejé de lado mis reflexiones para concentrarme en una tarea que preveía laboriosa, como fue. La fortuna, que hasta entonces me había favorecido, se me mostró esquiva y tuve que efectuar nueve llamadas engorrosas hasta que una voz femenina, que se me hizo aguardentosa, admitió pertenecer a Mercedes Negrer.

—Un placer saludarla —dije con engolada pronunciación—. Aquí Televisión Española desde nuestros estudios de Prado del Rey. Le habla Rodrigo Sugrañes, director de programación. ¿Sería tan amable de concedernos unos segundos de su valioso tiempo? ¿Sí? ¡No podía ser de otro modo! Estamos, verá usted, coordinando un nuevo programa de actualidad, muy acorde con los tiempos, que lleva por título: Juventud y democracia. Y, a tal efecto, estamos entrevistando para nuestras cámaras a las generaciones que vieron la luz primera en los años cincuenta y que pronto tendrán ocasión de votar... ya sabe: toda la mandanga. Usted, según nuestros informes, nació aproximadamente en el... espere un momento, no me lo diga —hice un rápido cálculo para mis adentros: catorce años hace seis, 1977 menos veinte—... en el 57, ¿digo bien?

—Dice mal —respondió la voz—. Yo nací en... ¿qué importa eso? Usted con quien quiere hablar es con mi hija.

—Lamentable error, señora, pero, ¿cómo iba yo a suponer que no era usted su propia hija? Tiene usted una voz tal juvenil, una modulación tan cantarina... ¿Puede decirle a su hija que se ponga al aparato?

Hubo un titubeo que no supe a qué atribuir.

—No... mi hija no está.

—¿Sabe usted cuándo volverá?

—No vive aquí.

—¿Tendrá usted entonces la bondad de darme el domicilio de su hija?

Más titubeos. ¿Habríase visto aquella familia castigada con el baldón de una hija casquivana?

—No me es posible revelarle el paradero de mi hija, señor Sugrañes, créame que lo siento.

—Pero, señora, ¿va usted a negar su colaboración a Televisión Española, que llega cada noche a todos los hogares de la patria?

—Me dijeron que no...

—Señora de Negrer, entiéndame bien: yo no sé quién le dijo qué, pero le puedo asegurar que no le estoy hablando en mi nombre propio ni en el de los millones de televidentes que a diario nos sintonizan: a título confidencial le diré que el señor ministro de Información y Turismo, si aún se llama así tan alta instancia gubernamental, está muy interesado en este programa piloto. ¡Señora!

Temí que colgara. Percibí una respiración agitada. Imaginé un busto jadeante, quizás un hilo de sudor en la regata pectoral. Tuve que hacer un esfuerzo para apartar de mí las fantasías. Habló la señora:

—Mi hija, la Merceditas, sigue en la Pobla de l'Escorpí. Quizá, si, como usted dice, el señor ministro está interesado, pudiera él interceder ante... quien proceda para poner fin a este alejamiento tan penoso.

No tenía idea de lo que me estaba diciendo, pero había logrado la información que buscaba y eso era lo principal.

—Pierda usted cuidado, señora: no hay palanca que la tele no pueda mover. Mil gracias y hasta pronto. ¡Estamos en el aire!

Salí de la cabina, que olía a perros, y consulté la hora en el reloj octogonal que adornaba el frontispicio de una corsetería: las seis y media. Volví a entrar en la cabina, llamé a información, pedí el número de la RENFE, llamé a la RENFE cuarenta veces y de puro milagro conseguí que me atendieran. El último tren para la Pobla de l'Escorpí salía dentro de veinte minutos de la Estación de Cercanías. Paré un taxi y prometí al taxista una buena propina si llegábamos a la estación con tiempo para tomar el tren. Hicimos la mitad del trayecto por las aceras, pero llegamos frente a la estación cuando faltaban sólo dos minutos para la hora de salida. Aprovechando un semáforo salté del taxi y me escurrí entre los coches apelotonados en la calzada. El taxista no podía abandonar el volante para perseguirme y se limitó a denostarme con toda su alma. Era la hora en punto cuando entré en el tiznado vestíbulo y perdí otro minuto en averiguar el andén correspondiente. Al alcanzar finalmente mi destino, el tren objeto de mis celeridades se estaba formando, término éste muy usual en el habla ferroviaria cuyo significado no acabo de comprender bien. La proverbial impuntualidad de la RENFE me había salvado.

El andén y la estación entera eran un pandemónium. Había empezado el caudaloso y lucrativo flujo de turistas que año tras año persisten en acudir a este país en busca de las caricias de nuestro sol, el hacinamiento de nuestras playas y el devaluado costo de nuestras pitanzas, compuestas de gazpacho aguado, albóndigas sospechosas y una rodajita de melón. Los desconcertados viajeros se esforzaban en balde por traducir a sus respectivas lenguas lo que unos altavoces gangosos difundían. Al socaire de esta confusión, robé a un niño el cartoncito marrón que había de permitirme viajar en la legalidad. Más tarde presencié cómo la madre del niño abofeteaba a éste ante la mirada estricta del revisor. Me dio un poco de pena, pero me consolé pensando que aquella enseñanza tal vez le fuera útil al niño en el futuro.

Había oscurecido cuando el tren traspuso los últimos confines de la ciudad y se adentró en los campos mustios. Aunque el vagón iba lleno y varios pasajeros tenían que ir de pie en el estrecho pasillo, nadie se sentó a mi lado, a todas luces por causa de la fetidez que mis axilas expandían. Decidí sacar provecho de los remilgos humanos y, tendiéndome cuan largo era, y aún soy, en el asiento, no tardé en quedar dormido, vencido como estaba por el cansancio. Mis sueños a los que no era ajena Ilsa, la socióloga licenciosa, fueron tomando un cariz marcadamente erótico y culminar en una incontrolable emisión seminal, para instrucción de los niños que en el vagón había y que habían seguido con curiosidad científica las alteraciones y vicisitudes de mi organismo.

Dos horas más tarde, el tren se detuvo en un apeadero de adobe oscurecido por un siglo de hollín y desidia. En el andén se alineaban cacharros metálicos de como un metro de altura, en cuyos costados se leía: Productos Lácteos Mamasa, la Pobla de l'Escorpí. Me apeé, pues allí iba.

Del apeadero al pueblo serpenteaba un sendero pedregoso y lóbrego por el que anduve medio cohibido por un silencio sólo roto por el susurro de los árboles y el ruido de algún bicho. El cielo estaba estrellado.

El pueblo parecía desierto. En la fonda-restaurante Can Soretes me dijeron que seguramente encontraría a Mercedes Negrer en la escuela. Al pronunciar este nombre, el señor Soretes, pues intuí que de él mismo se trataba, entornó los párpados, chascó la lengua y se llevó una mano velluda a la parte de su corpachón que ocultaba el mostrador. Lo dejé presa de convulsiones y dirigí mis pasos a la escuela, en una de cuyas ventanucas brillaba una luz amarillenta. Asomándome a la ventana vi una clase vacía salvo por una mujer joven, de pelo negro muy corto, cuyo rostro no pude discernir, que revisaba un montón de papeles apilados en la mesa de la maestra. Toqué quedamente el cristal y la joven dio un respingo. Pegué la cara al cristal y traté de sonreír, a pesar de las dificultades que ello llevaba aparejadas, para tranquilizar a la maestra, pues deduje que ella era, así como a Mercedes Negrer, que tal oficio desempeñaba.

Cuando se quitó las gafas y se aproximó a la ventana la reconocí. Al revés de lo sucedido con su amiga, Isabelita Peraplana, Mercedes Negrer había cambiado mucho, no tanto porque su fisonomía hubiera experimentado otras variaciones que las concomitantes al desarrollo biológico natural, sino porque la expresión de sus ojos y el rictus de su boca no eran los mismos que horas antes me habían mirado desde las páginas satinadas de la inmunda revista *Rosas para María*. No dejé de percatarme, por cierto, de que, con todo, sus facciones eran diminutas, regulares y agraciadas; sus piernas, embutidas en un ceñido pantalón de pana negra, largas y aparentemente bien torneadas; sus caderas, redonditas; su cintura, estrecha, y sus mamellas, que un jersey de lana acanalada pugnaba por constreñir, pujantes y saltarinas. Imaginé que sería de las que se dispensan del sostén, categoría ésta que cuenta con mi beneplácito.

La así descrita alzó unos milímetros la ventana de guillotina y me preguntó quién era y qué quería.

—Mi nombre no le diría nada —dije yo tratando de introducir los labios por la hendidura— y quiero hablar con usted. Por favor, no cierre la ventana antes de haberme escuchado. Mire: he puesto el dedo meñique en el alféizar. Si cierra, usted será responsable de lo que le ocurra a mi frágil osamenta. Sé que se llama usted Mercedes Negrer y su señora madre, una dama encantadora, me ha dado su dirección, cosa que, tratándose de una madre, no habría hecho si mis intenciones no hubieran sido del todo rectas. He venido ex profeso desde Barcelona para tener con usted un cambio de impresiones. No le voy a hacer ningún mal. Por favor.

El tono lastimero de mi voz y mi expresión sincera debieron de convencerla, porque abrió un poco más la cuchilla de la ventana.

—Hable —dijo.

—Lo que tengo que decirle es confidencial y puede ser que nos lleve cierto tiempo. ¿No podríamos hablar en un lugar más recogido? Déjeme, al menos, entrar y sentarme en uno de los pupitres. Nunca me he sentado en un pupitre, siendo mis estudios, por decirlo así, deficitarios.

Mercedes Negrer reflexionó unos segundos, en el decurso de los cuales logré no clavar ni una sola vez las pupilas en sus tetas golosas.

—Podemos ir a mi casa —dijo por fin, no sin que ello me produjera tanto alborozo como sorpresa—. Allí gozaremos de una relativa tranquilidad y podré ofrecerle si gusta, un vaso de vino.

—Si pudiera ser una Pepsi-Cola... —me atreví a insinuar.

—No tengo semejante cosa en la nevera —dijo ella en un tono injustificadamente divertido—, pero si la fonda está aún abierta, nos venderán un botellín.

—Estaba abierta hace un minuto —informé—, pero no era mi intención ocasionarle tantas molestias.

—No es molestia. Ya estaba hasta los huevos de hacer valoraciones —dijo a voces mientras guardaba en un cajón de la mesa los papeles que había estado leyendo, metía las gafas sin funda en una bolsa de arpillera que se colgó al hombro y apagaba las luces del aula—. Antes, en mis tiempos, quiero decir, la enseñanza era otra cosa. Los chavales se lo pasaban bien con el erotismo primitivo de la historia sagrada y la fábula edulcorada de nuestras gestas imperiales. Ahora, en cambio, todo son teorías de conjuntos, perogrulladas lingüísticas y una desestimulante e improbable educación sexual.

—¿Con Franco vivíamos mejor? —tanteé repitiendo el lema que había oído de labios del pudibundo jardinero.

—Cualquier tiempo pasado fue mejor —dijo ella con risa jovial abriendo tanto la boca como la ventana, por la que pasó una pierna—. Ayúdeme a saltar. En un exceso de autoestima me compré un pantalón dos tallas por debajo de la mía.

Le tendí la mano.

—¡No, hombre, así no! Cójame por la cintura, sin miedo, que no me voy a romper. Achuchones más fuertes me han dado. ¿Es usted tímido, reprimido o simplemente torpe?

Su cuerpo chocó contra el mío y, soltándola precipitadamente, me puse a contemplar la luna, que brillaba a mis espaldas, para ocultar la conspicua trempera que su contacto me había provocado. La noción de que el acercamiento le habría permitido olfatear mi aroma ofensivo sirvió para devolverme el reposo perdido. Mercedes Negrer, mientras esto sucedía, había ajustado la ventana y me indicaba el camino a seguir, que era el de la fonda-restaurante, de donde yo venía y andando el cual me dijo que casi le alegraba mi presencia, que el pueblo, como era patente, no era un hervidero de emociones y que el aislamiento le atacaba los nervios. No quise preguntar qué le había impulsado a tal exilio y qué motivos la retenían en un lugar que a todas luces aborrecía, porque supuse que la respuesta a tales preguntas era precisamente el objeto de mi viaje y que, por eso mismo, no podían formularse sin cierta cautela.

Por ventura para mí, la fonda estaba abierta y el impulsivo patrón limpiaba el mostrador del bar con un paño renegrido y un aerosol de esos que matan el oxígeno. Nos dio la Pepsi-Cola que le pidió Mercedes sin cesar de repasar con genuino descaro los contornos de esta última.

—¿Qué se debe? —preguntó la maestra.

—Ya sabes que puedes pagarme con tu boquita de fresa, cielo —dijo el de la fonda.

Sin inmutarse ante tamaña grosería, Mercedes sacó del bolso un billetero de lona y de él un billete de quinientas, que dejó sobre el mostrador. El otro lo guardó en la caja registradora y devolvió el cambio.

—¿Qué día me vas a hacer lo que tú y yo sabemos, Merceditas? —insistió machacón el rijoso ventero.

—El día que esté tan desesperada como tu mujer —replicó ella camino de la puerta.

Yo comprendí que debía hacer valer mi presencia y, una vez en la calle, pregunté a la chica si no quería que volviese y escarmentase al deslenguado que la había vejado de palabra.

—No, déjalo estar —dijo ella con cierta ambigüedad en la voz—. Es de los que dicen lo que no piensan. La mayoría procede al revés y es peor.

—De todas formas —dije yo, que no había dejado de percatarme del tuteo—, no quiero que incurra en gastos por mi causa. Tome usted sus quinientas pesetas.

—No faltaría más. Guárdate tu dinero.

—No es mío. Son sus quinientas pesetas. Las sustraje de la caja mientras ese bocazas fanfarroneaba.

—¡Ésta sí que es buena! —exclamó ella recuperando el humor perdido, guardándose el billete en el bolsillo del pantalón y mirándome por primera vez con cierto respeto.

—¿Está usted segura —aventuré yo— de que si voy a su casa no daré lugar a habladurías?

Me miró de hito en hito sin dejar de sonreír.

—No creo, sin ánimo de faltar —dijo—. Por lo demás, tengo ya una encomiable mala fama, que me paso por el culo.

—Lo lamento.

—Lamente más bien que las habladurías no respondan a la realidad. Como decían las monjas de mi cole, las ocasiones de ofender a Dios no sobran por estos andurriales. Con la liberación de las costumbres, las mozas se han espabilado y la competencia es mucha. Yo tengo la desventaja de no inspirar confianza. Cuando ampliaron la central lechera trajeron a unos senegaleses a trabajar como peones. Ilegalmente, claro. Les pagaban una mierda y los despedían cuando les salía de la punta el nabo —alejada de la ciudad y, por ende, de las principales corrientes de la moda, las procacidades de Mercedes adolecían de un cierto hibridismo—. Yo pensé que con los negros podría

94

sacar la tripa de mal año y comprobar de paso la veracidad de ciertos mitos culturales. Pero no lo intenté. Por ellos, claro está. Los del pueblo los habrían linchado si hubieran sospechado que había tomate.

—¿Y a usted no?

—¿No qué?

—¿No la habrían linchado?

—No, a mí no. En primer lugar, yo no soy negra, como podrás ver cuando lleguemos a aquella farola. Y, en segundo lugar, ya se han resignado. Al principio iban de cráneo conmigo. Luego alguien pronunció la palabra ninfómana y eso atemperó su inquietud intelectual. El valor mágico del verbo.

—Sin embargo, le permiten atender a la educación de la infancia —dije yo.

—Qué remedio les queda. Por su gusto me habrían echado hace años. Pero no pueden.

—¿Un nombramiento ministerial inapelable?

—No. No tengo siquiera el título de magisterio. La supervivencia del pueblo depende de la central lechera. Mamasa se llama, no sé si habrás visto los bidones en la estación. ¿Sí?, pues ésa es la explicación. Mamasa quiere que yo siga aquí y aquí seguiré así se hunda el mundo.

—¿Quién es el dueño de Mamasa? —pregunté.

—Peraplana —dijo ella, aunque ya me figuraba yo que tal iba a ser la contestación. Una sombra de temor empañó sus ojos hermosos y astigmáticos—. ¿Te manda él? —preguntó con un hilo de voz.

—No, no, de ninguna manera. Estoy de su lado, créame.

Tras un silencio y cuando yo ya temía que fuera a cerrarse a la banda, dijo:

—Te creo —con tal convencimiento que supuse

que necesitaba desesperadamente confiar en alguien. Ay, pensé yo, si las circunstancias fueran otras...

Llegamos a la puerta de un caserón de piedra, muy antiguo, que se alzaba solitario al extremo de una calle silenciosa. Detrás del caserón empezaba el campo. A lo lejos gorgoteaba un río y la luna iluminaba al fondo unas montañas imponentes. Mercedes Negrer abrió la puerta del caserón con una enorme llave oxidada de clara connotación priápica y me invitó a pasar. La casa estaba someramente provista de muebles rústicos. Las paredes del saloncito adonde me condujo estaban cubiertas de anaqueles rebosantes de libros. Había libros sobre la mesa camilla y en las butaquitas de mimbre. En un rincón se veía un televisor viejo cubierto de polvo.

—¿Has cenado? —preguntó la chica.

—Sí, muchas gracias —dije yo sintiendo que el hambre daba garrote vil a mis entrañas.

—No mientas.

—Hace dos días que no pruebo bocado —confesé.

—La sinceridad es lo mejor. Puedo hacerte unos huevos fritos y creo que aún queda jamón. Tengo queso, fruta y leche. El pan es de anteayer, pero tostado, con aceite y ajo, se podrá comer. También tengo por ahí sopa de sobre y una lata de melocotón en almíbar. Ah, y me sobró turrón de Navidad, que estará hecho una piedra. Bébete tranquilamente la Pepsi mientras preparo todo esto. Y no me revuelvas los papeles, que no vas a encontrar nada.

Salió con una precipitación algo improcedente.

Yo, a solas con mi bebida, me dejé caer en un sillón, tomé unos sorbos y, vencido por la fatiga de los días precedentes y conmovido hasta la médula no sólo por las expectativas que el parlamento de mi anfitriona me autorizaba a abrigar, sino, sobre todo, por el tono de maternal anhelo con que había sido pronunciado, estuve a pique de ponerme a llorar desconsoladamente. Pero me aguanté como un machote.

Capítulo X

LA HISTORIA
DE LA MAESTRA HOMICIDA

Había dado fin a la opípara cena y estaba mordisqueando la barra de turrón que, pese a lo rancio, me sabía a gloria, cuando el reloj de pared del salón dio las once campanadas atinentes a esa hora. Mercedes Negrer, sentada sobre la estera con las piernas cruzadas, aun cuando sobraban los asientos vacíos en aquella casa, me miraba, con curiosidad socarrona. Por todo alimento había consumido la chica, con la parvedad que caracteriza a los ahítos, unos trozos de queso, una zanahoria cruda y dos manzanas, tras lo cual me preguntó si tenía un porro, a lo que tuve que responder que no, porque así era, aunque le habría dicho también que no si hubiera tenido lo que ella me pedía, porque me interesaba que mantuviera las ideas claras en el interrogatorio astuto al que esperaba someterla. Durante la cena, como dicen que sucede cuando se cierne una tempestad, había reinado un escrupuloso silencio, si entendemos por silencio la falta de expresión verbal, pues mis masticaciones, degluciones y eructos habían despertado ecos en las sombrías piedras del caserón, concluido todo lo cual, puse en orden mis pensamientos y dije así:

—Si bien hasta el momento no he hecho otra cosa que abusar de tu generosidad sin límites, por la cual te estaré eternamente agradecido, que no entra la ingratitud en el amplio espectro de mis fallas no precisamente livianas, aunque no sea yo del todo responsable de muchas de ellas, me propongo al punto despejar la incógnita de mi visita con el relato sucinto de sus antecedentes y la especificación de su propósito. Es el caso que estoy investigando un asuntillo de cuya resolución afortunada depende mucho. Soy, como ya dije, hombre de bien, aunque no siempre he sido así: conozco, por desgracia, las dos caras del crisol, si la metáfora es válida, cosa que dudo, porque no sé lo que significa la palabra crisol. Mis malos pasos de antaño dieron conmigo en prisiones y otros lugares que prefiero no mencionar para no causar una impresión mayor de la que mi aspecto ya produce.

—Para el carro, Mariano —dijo ella.

—No he terminado —dije yo.

—Ni falta que hace —dijo ella—. Desde que te vi supuse a lo que venías. Soslayemos los circunloquios. ¿Qué quieres saber?

—Una cosa que pasó hace seis años. Tú tenías entonces catorce.

—Quince. Perdí un curso por la escarlatina.

—Sean quince —concedí—. ¿Por qué te expulsaron del colegio de las madres lazaristas de San Gervasio?

—Por falta de aplicación y desamor al estudio.

Había respondido muy aprisa. Señalé los anaqueles de libros que nos rodeaban. Comprendió mi objeción.

—En realidad, fue por mala conducta. Era una niña rebelde.

Recordé que el casto jardinero la había mote-
jado de diablillo, si bien había empleado el mismo
epíteto para calificar el comportamiento de la mayoría de las alumnas.

—¿Tan mala conducta que no podía castigarse
con los recursos disciplinarios al uso? —pregunté.

—A esa edad, por si no has leído a la de
Beauvoir, las niñas cambian. Algunas aceptan la
transición sin alharacas. Yo no fui de ésas. El fenómeno está estudiado en siquiatría, pero las monjas
de aquel entonces no estaban impuestas en la materia y prefirieron pensar que estaba endemoniada.

—No tiene que haber sido el primer caso.

—Ni soy yo la primera alumna expulsada de un
colegio.

—¿También Isabel Peraplana estaba endemoniada?

Hubo una pausa más larga que las anteriores.
Por el prolongado tratamiento siquiátrico a que me
habían sometido en el manicomio, sabía yo que
eso tenía un sentido, pero ignoraba cuál.

—Isabelita era una niña ejemplar —dijo finalmente con voz inexpresiva.

—¿Por qué la expulsaron, si era ejemplar?

—Pregúntaselo a ella.

—Ya lo he hecho.

—Y no te satisfizo la respuesta.

—No hubo respuesta. Dijo que no se acordaba
de nada.

—Lo creo —apostilló Mercedes con extraña
sonrisa.

—A mí también me pareció sincera. Pero ha de
haber algo más. Algo que todos saben y todos ca-
llan.

—Sus razones tendrán, o tendremos, según me

incluyas a mí en ese todos. ¿Por qué te interesa tanto saber lo que pasó? ¿Estás interesado en la reforma educativa?

—Isabel Peraplana desapareció del internado hace seis años en circunstancias inexplicables y en análogas circunstancias reapareció. Con tal motivo, según parece, fue expulsada del colegio y también lo fuiste tú, que eras su mejor amiga y, cabe inferir, confidente. No quiero aventurar conclusiones precipitadas, pero ya es hora de creer que ambas expulsiones guardan alguna relación y que las antedichas están íntimamente unidas a la desaparición transitoria de Isabelita. Todo esto, claro está, es agua pasada, de la que no mueve molino, y a mí, personalmente, me trae sin cuidado. Pero hace pocos días, no sé cuántos, porque he perdido ya la cuenta, pero pocos, desapareció otra niña. La policía me ha ofrecido la libertad si la encuentro y eso ya no me trae sin cuidado. Puedes aducir que a ti sí que te importa un ardite mi libertad, a lo que no podré oponer argumento alguno, pues así es la ley de la vida. Pero no puedo por menos que intentarlo. Apelaría al amor a la verdad y a la justicia y a otros valores absolutos si éstos fueran mi brújula, pero no sé mentir cuando se trata de principios. Si supiera, no sería una escoria como he sido toda mi vida. Acudo a usted no con la coacción ni con la promesa, porque sé que no puedo blandir lícitamente ni una cosa ni otra y tal proceder sería punto menos que ridículo si no ridículo. Le pido ayuda porque sólo eso puedo hacer, pedir, y porque es usted mi última esperanza. De su clemencia depende el buen fin de mis gestiones. Y no diré más. Sólo que he vuelto a tratarla de usted y no inadvertidamente, porque la presunta familiaridad con

101

personas que por diversas razones están por encima de mí me hace sentir en desventaja.

—Lo siento —dijo ella con ceño fruncido, mirada intensa y respiración agitada—: tengo por norma no aceptar chantajes sentimentales. No hay trato. Son las once y media. A las doce pasa el último tren. Si sales ahora mismo, tienes tiempo sobrado de llegar a la estación. Te daré dinero para el billete, si no lo tomas a mal.

—Nunca tomo el dinero a mal —respondí yo—, pero no son las once y media, sino las doce y media. En la estación vi a qué hora pasaba el último tren y, previendo su reacción, atrasé el reloj una hora mientras estaba usted en la cocina. Deploro pagar con una vileza su hospitalidad, pero ya le he dicho que me va mucho en el juego. Discúlpeme.

Transcurrieron unos segundos angustiosos en los que temí que me diera con algún objeto en la cabeza y me pusiera en la calle. Vi brillar en sus ojos el mismo destello de admiración algo infantil que había percibido cuando le di el billete en la fonda. Suspiré para mis adentros: no iba a tomar represalias. Si hubiera tenido presente que a pesar de su desparpajo Merceditas sólo contaba veinte tiernos años de edad, no habría pasado yo tanto miedo.

—Te odio —se limitó a decirme.

Y si mi experiencia sentimental no se hubiera limitado entonces a las cuatro guarras cuya amarga remembranza pespuntea el yermo de mi corazón, habría sentido en ese momento un miedo distinto y mucho más justificado. Pero del libro que los años a golpes me habían inculcado faltaba el capítulo de las pasiones limpias y no paré mientes en lo que juzgué un merecido denuesto ni en el cosquilleo que su voz dolida produjo en mis tripas y que tomé, loco de mí, por secuelas del atracón que acababa de darme.

—Será mejor —dije— que reanudemos la conversación donde la dejamos. ¿Por qué la expulsaron a usted del colegio?

—Por asesinar a un tío.

—¿Cómo dice?

—¿No querías respuestas concretas?

—Cuénteme lo que pasó.

—Isabel Peraplana y yo, ya sabes, éramos amigas. Ella era la niña buena y yo la mala influencia. Además, ella era la tonta y yo la lista; ella la ingenua y yo la precoz. Sus padres eran ricos; los míos, no. A mí me habían enviado a ese colegio a costa de enormes sacrificios. No lo hacían sólo por mí, claro: era su forma de trepar por la escala social, inconscientemente, al menos, etcétera. Supongo que yo también participaba de sus ensoñaciones aristocráticas: vivía a la sombra de los Peraplana, pasaba con ellos las vacaciones, iba y venía en sus coches, me regalaban vestidos y cosas... La historia de siempre.

—Es la primera vez en mi vida que la oigo —dije al tiempo que trataba de asimilar a mi ralo *attrezzo* de la opulencia la imagen de una Mercedes adolescente a la que, por otra parte, no lograba despojar mentalmente de sus patentes redondeces.

—Esta situación, como bien puedes suponer —siguió diciendo ella—, iba dejando en mí una herida narcisista que, sin embargo, mal podía en aquella fase del desarrollo de la personalidad, racionalizar. Quiero decir que mi ego debía de estar traumatizado.

—Pasemos a los hechos, por favor.

—No sé cuándo ni cómo empezó todo. En alguna ocasión en la que yo no estuve presente, Isabel Peraplana debió de conocer a un tío. Tampoco sé lo que debió de pasar por su cabeza de niña mimada, qué vio en él o qué instintos profundos no soliviantaría él con sabe Dios qué propósitos. El hecho es que, como vulgarmente se dice, la sedujo.

—¿Se la...?

—No he dicho tanto —atajó Mercedes—. Me refiero a la seducción amorosa. Son sólo conjeturas.

—¿Por qué sólo conjeturas? ¿No le contó nada ella?

—¿Por qué había de contarme nada?

—Era usted su mejor amiga.

—Estas cosas nunca se cuentan a la mejor amiga, querido. Sea como fuere, una noche Isabel se fugó del colegio para reunirse con él.

—¿Le comunicó a usted sus planes?

—No.

—Entonces ¿cómo sabe que se fugaba del colegio para reunirse con él?

—Por lo que pasó luego. Déjame hablar y no me interrumpas. Decía que Isabel se fugó del colegio para reunirse con él. Pero yo había advertido un cambio en su actitud y estaba sobre aviso. La sorprendí en su fuga y la seguí sin que se diera cuenta. No me interrumpas. Cuando llegué al lugar de la cita, que no me fue fácil descubrir, sorprendí una terrible escena. Pasaré por alto los detalles. Quizá la misma escena me habría parecido normal hoy. Pero entonces era yo aún muy niña y los Pirineos eran los Pirineos. Ya te he dicho que me sentía en deuda con Isabel Peraplana por todas las gentilezas de que me habían hecho objeto. Tal vez pensé que se me brindaba la ocasión de corresponder a unas dádivas que mi posición social no permitía compensar de otro modo. Sin detenerme a reflexionar, cogí un cuchillo y se lo clavé al muy canalla en la espalda. Murió en el acto. Luego no supimos qué hacer con el cadáver. Isabel estaba histérica y llamó a su padre, que acudió en seguida y se hizo cargo de la situación. Las monjas habían avisado a la policía, inquietas por la desaparición de Isabel. Peraplana habló con un tal Flores, de la brigada social...

—Criminal —corregí.

—Todos son iguales. La policía se mostró comprensiva. Isabel y yo no teníamos aún edad penal. Nos aguardaba el reformatorio y una vida truncada. Decidieron considerarlo legítima defensa. A Isabel la sacaron del colegio. Creo que la mandaron a Suiza, como se hacía entonces. A mí me enviaron aquí. La central lechera, propiedad de Peraplana, me pasaba dinero. Luego conseguí que me dejaran vivir por mi cuenta y trabajar en algo útil. Me convertí en maestra de escuela. El resto ya no hace al caso.

—¿Qué decían a todo esto tus padres?

—¿Qué podían decir? Nada. Era lo que decía Peraplana o el reformatorio.

—¿Vienen a visitarte?

—En Navidad y semana santa. Un incordio tolerable.

—¿De dónde sacas tantos libros?

—Al principio me los enviaba mi madre, pero sólo se le ocurría comprar el premio Planeta. Al final me puse en contacto con un librero de Barcelona: me manda catálogos y cursa mis pedidos.

—¿Qué pasaría ahora si regresara a Barcelona?

—No lo sé ni quiero saberlo. El delito no ha prescrito ni prescribirá hasta dentro de catorce años, según creo.

—¿Por qué el amparo de Peraplana no surte efecto en Barcelona, o en Madrid, o en cualquier otro lugar?

—Surte efecto en la medida en que estoy alejada de todo... como si hubiera muerto. Un pueblo pequeño y cerrado. Éste ofrece la ventaja adicional de la central lechera.

El reloj dio doce campanadas.

—Una última pregunta. El cuchillo, ¿tenía mango de madera o de metal?

—¿Qué más da?

—Me interesa saberlo.

—Por Dios, basta de preguntas. Es la una. Vámonos a dormir.

—Vámonos a dormir, pero no es la una. Lo que dije antes del reloj no era verdad: me lo inventé para no tener que marcharme. Te pido disculpas nuevamente.

—¿Qué más da? —repitió sin especificar si se refería al reloj o aún al cuchillo—. Dormirás en el cuarto de mis padres. El que ocupan cuando vienen, quiero decir. Las sábanas estarán un poco húmedas, pero están limpias. Te daré una manta, porque refresca mucho de madrugada.

—¿Puedo ducharme antes de irme a la cama?

—No. Cortan el agua a partir de las diez. La vuelven a dar a las siete. Paciencia.

Subimos unos escalones desgastados y me mostró un cuarto amplio, de techo inclinado, vigas carcomidas y paredes de piedra desnuda, en el centro del cual había una cama de matrimonio con dosel y mosquitera. De un armario sacó Mercedes Negrer una manta parda que olía mucho a naftalina. Me explicó cómo funcionaba la pera de la luz y me deseó dulces sueños antes de retirarse y cerrar la puerta. Oí alejarse sus pasos, abrirse y cerrarse otra puerta y correr un pestillo. Estaba cansado. Me acosté sin desvestirme, apagué la luz tal como me habían enseñado a hacerlo y me quedé como un tronco cuando intentaba dar una explicación plausible a la sarta de mentiras que aquella mujer extraña acababa de contarme.

CAPÍTULO XI

LA CRIPTA EMBRUJADA

Me despertó un ruido. No sabía dónde me hallaba ni qué hacía allí: los tentáculos del miedo paralizaban mi raciocinio. A tientas y más por instinto que por otra cosa oprimía la pera que colgaba del dosel, pero seguí sumido en la más completa oscuridad: quizá no había fluido eléctrico o quizá me había quedado ciego. Me empapó un sudor frío como si me estuviera duchando de dentro afuera y me asaltaron, como siempre que me atenaza el pánico, unas incontenibles ganas de ir de cuerpo. Agucé el oído y percibí pasos en el corredor. Los sucesos de la noche anterior en la que aún estaba inmerso empezaron a cobrar una nueva y amenazadora configuración: la cena, sin duda envenenada; la conversación, urdida para infundirme una confianza que hiciera de mí presa fácil; la habitación, una ratonera provista de los más artificiosos mecanismos de retención y tormento. Y ahora, el golpe final: unos pasos sigilosos, un mazazo, un puñal, el descuartizamiento, la sepultura de mis tristes restos a la sombra de los más recónditos sauces de la margen del río rumoroso, los gusanos voraces, el olvido, el negro vacío de la inexistencia. ¿Quién había concebido el plan de asesinarme?,

¿quién había tejido la red en la que me debatía como animalillo silvestre?, ¿de quién sería la mano que habría de inmolarme? ¿De la propia Mercedes Negrer?, ¿del rijoso expendedor de Pepsi-Colas?, ¿de los negros superdotados?, ¿de los ordeñadores de la lactaria? Calma. No debía dejarme llevar por aprensiones que nada de lo ocurrido justificaba todavía, no debía dejar que el recelo ocluyera las vías de comunicación, como tantas veces me había dicho el propio doctor Sugrañes en la terapia. El prójimo es bueno, me dije, nadie te quiere mal, no hay razón alguna para que te desmiembren, no has hecho nada que concite la inquina de cuantos te rodean, aunque éstos parezcan propensos a manifestarse en tal sentido. Calma. Todo tiene una explicación muy sencilla: algo raro que te pasó en la infancia; la proyección de tus propias obsesiones. Calma. En unos segundos se despejará la incógnita y podrás reírte de tus miedos infantiles. Llevas cinco años de tratamiento siquiátrico, tu mente no es ya una barquichuela a la deriva en el proceloso mar de los delirios, como antes, cuando creías, pedazo de bruto, que las fobias eran esas ventosidades silenciosas y particularmente fétidas que la gente incivil se permite en los transportes públicos abarrotados. Agorafobia: temor a los espacios abiertos; claustrofobia: temor a los espacios cerrados, cual sarcófagos y hormigueros. Calma, calma.

Y mientras me iba tranquilizando con estos pensamientos reconfortantes, traté de apearme del lecho y, al hacerlo, cayó sobre mí una como tela de araña fría y pesada que me inmovilizó contra las sábanas y percibí claramente el ruido que hacía el pomo de la puerta al girar y el chirriar de los goznes y unos pasos acolchados que penetraban en la alcoba y el jadeo entrecortado de quien se apresta a cometer el más horrendo de los crímenes. Y no pudiendo resistir más el miedo que me embargaba, me oriné en los pantalones y me puse a llamar a mi mamá en voz muy queda, con la tonta esperanza de que pudiera oírme desde el más allá y acudiera a mi encuentro en el umbral del reino de las sombras, pues me cohíben los ambientes nuevos. Y en eso estaba cuando escuché una voz a mi lado que decía:

—¿Duermes, tú? —en la que reconocí a Mercedes Negrer y a la que quise responder sin conseguirlo, saliendo sólo de mi garganta un murmullo quejumbroso que poco a poco se fue transformando en alarido. Una mano se posó en mi espalda.

—¿Qué haces envuelto en la mosquitera?

—No veo —pude articular por fin—. Me parece que estoy ciego.

—No, hombre. Hay un apagón. Traigo una palmatoria, pero no encuentro las cerillas. Mi padre siempre tiene una caja de repuesto en la mesilla de noche para fumar en cuanto se despierta, aunque el médico se lo tiene prohibido.

A mi lado se abrió un cajón, cuyo contenido unas manos revolvieron. Se oyó un raspar y un chisporrotear y brilló una llamita vacilante que, aplicada a la mecha de una vela, difundió una vaga claridad, que me permitió distinguir a través de la urdimbre de la mosquitera el rostro tranquilo de Mercedes, cuyos ojos parpadeaban aceleradamente. Vestía una camisa de franela a cuadros escoceses que había pertenecido a un hombre más grande que ella y entre cuyos faldones, los de la camisa, surgían unos muslos estrechos y prolongados. Al inclinarse sobre mí para desembarazarme de la mosquitera, vi que debajo de la camisa llevaba unas braguitas azules no tan tupidas que no dejaran entrever un triángulo oscuro y desgreñado y en su envés sendos fragmentos de nalgas apretadas como el puño de un obrero en un mitin. No todos los botones de la camisa estaban abrochados y al boquear aquélla aparecían palideces aterciopeladas que despedían un aroma tibio y agridulce.

—Te oí hablar en sueños —dijo ella. Y agregó sin mucha lógica—: Yo tampoco podía dormir. ¿Te has hecho pipí?

—Anoche cené demasiado —dije a modo de excusa, porque se me caía la cara de vergüenza.

—A todos nos ha pasado alguna vez. No te preocupes. ¿Quieres seguir durmiendo o prefieres que hablemos?

—Prefiero que hablemos si me prometes no contarme más trolas.

Se rió tristemente.

—Te di la versión oficial de los hechos. Nunca creí que fuera muy convincente. ¿Cómo te diste cuenta?

—Toda la historia era una sarta de despropósitos, no siendo el menor de los cuales el que una adolescente amedrentada pudiera causar la muerte instantánea de un hombre apuñalándolo por la espalda. Nunca he matado a nadie, pero no soy lego en materia de violencia. De frente, tal cosa puede suceder. Por detrás, jamás.

Se sentó en el borde de la cama y yo me acurruqué sobre la almohada, con la espalda apoyada en la cabecera de madera, que crujía bajo mi peso. Ella dobló las rodillas hasta que pudo apoyar en éstas el mentón y se abrazó los tobillos. Yo, personalmente, no compartía su noción de la comodidad.

—El trasfondo —empezó diciendo— es el mismo: la niña pobre y espabilada y la niña rica y medio boba. También el trauma...

—¿Qué pasó la noche en que desapareció Isabelita?

—Dormíamos en un dormitorio común y nuestras camas eran contiguas. Yo padecía de un insomnio que atribuyo ahora a los ardores de la edad y atribuía entonces a cualquier otra causa. Oí a Isabel murmurar en sueños y me dediqué a estudiar en silencio sus rasgos límpidos, su cabellera dorada, la transpiración que perlaba sus sienes, las formas imprecisas que iba adquiriendo su cuerpo... ¿Te parece que hago literatura?

No respondí para no decir algo que pudiera obstaculizar el curso de sus pensamientos. Sé que nadie divaga tanto como el que se prepara a hacer una confesión y decidí tener paciencia.

—Al cabo de un rato —prosiguió diciendo—, Isabel se levantó. Me di cuenta de que seguía dormida y pensé que padecía de sonambulismo. Echó a andar por el pasillo que formaban las camas del dormitorio y se dirigió sin vacilar a la puerta. Me levanté y la seguí temiendo que fuera a darse un morrón. La puerta del dormitorio siempre estaba atrancada, por lo que me sorprendió que la abriera de par en par al llegar a ella. Estaba todo oscuro y sólo pude discernir una sombra al otro lado de la puerta, en el corredor que va del dormitorio a los baños.

—¿Hombre o mujer?

—Hombre, si los pantalones son privativos de tal género. Ya te he dicho que todo estaba oscuro.

112

—Continúa.

—Guiada por la sombra que había abierto la puerta. Isabel recorrió la distancia que la separaba de los baños. Allí la sombra le ordenó que aguardase, retrocedió y cerró de nuevo la puerta del dormitorio. Para entonces ya me había escurrido yo fuera y me ocultaba en un recodo, resuelta a seguir la aventura hasta el final.

—Una aclaración: ¿la puerta del dormitorio se cierra con pasador o con llave?

—Con llave. Al menos, entonces así era.

—¿Quién guardaba la llave?

—Las monjas, claro. La celadora tenía una y la madre superiora otra, que yo sepa. Pero no creo que fuera difícil hacerse con una copia. Aunque el régimen del internado era severo, las alumnas éramos dóciles y las precauciones no debían de ser excesivas. No confundas un colegio con una cárcel.

—Una pregunta más: ¿qué pasaba si una alumna tenía una necesidad perentoria a media noche?

—Había un retrete y un lavabo al otro extremo del dormitorio. En lugar de puerta tenía una cortina de cretona, para que nadie pudiera encerrarse y hacer cosas feas.

»Sigo. Los baños estaban desiertos y al cruzarlos sentí el frío húmedo de las baldosas en los pies, pues iba descalza, al igual que Isabel. Esto hizo que me fijara en el calzado del misterioso acompañante de mi amiga y vi que llevaba unas zapatillas de lona y suela de hule. Wambas las llamábamos entonces, por ser ésta la marca más común. Eran baratas y duraban bastante. No como lo que fabrican ahora, que da un resultado pésimo.

»Al fondo de los baños había otra puerta que

113

comunicaba con una escalera por la que se bajaba a la antecámara de la capilla. Al salir del baño, ya vestidas, las niñas formábamos en la antecámara y la celadora nos pasaba revista. Huelga decir que la antecámara y la escalera estaban a la sazón tan desiertas como los baños. El misterioso acompañante de Isabel se alumbraba con una linterna. Yo no tenía dificultad alguna en seguirlos a distancia, porque los años me habían enseñado el camino de memoria y podía hacerlo a ciegas.

»Cuando entré en la capilla, los vi desaparecer tras el altar mayor, el de la virgen. Aguardé un rato a que salieran, porque sabía que detrás del altar no había puerta y, viendo que no lo hacían, avancé cautelosamente y comprobé que habían desaparecido. No me costó trabajo deducir que se habían valido de un pasadizo secreto y a buscarlo me puse sobreponiéndome al temor supersticioso que ya por entonces comenzaba a embargarme. A la débil luz de la luna que se filtraba por las vidrieras y tras varios minutos de intensa búsqueda, me percaté de que en el suelo del ábside había cuatro losas que, a juzgar por sus inscripciones latinas y las calaveras en ellas labradas, contenían los restos mortales de otros tantos bienaventurados. Una de las losas, curiosamente, no presentaba restos de polvo en los intersticios ni de óxido en la pesada argolla que sobresalía de la piedra justo entre el risueño mentón de la calavera y la leyenda HIC IACET V. H. H. HAEC OLIM MEMINISSE IUBAVIT. Haciendo de tripas corazón, así la argolla y tiré de ella con todas mis fuerzas. La losa cedió y después de varios intentos salió de su marco. Me vi abocada a una negra escalinata por la que descendí temblando. Del pie de la escalinata arrancaba un pasillo tenebroso por el que anduve a tientas hasta que una abertura lateral me indicó que había otro corredor que cortaba el primero. No sabía qué camino seguir y tomé la intersección pensando que siempre podría volver al primer pasillo. Al cabo de un rato vi que un tercer corredor se cruzaba con el segundo y se me heló la sangre en las venas, porque comprendí que me hallaba en un laberinto, sola y a oscuras, en el que perecería si no daba pronto con la salida. El miedo debió de aturdirme, ya que al querer retroceder en busca de la escalera que llevaba a la falsa tumba, elegí un rumbo equivocado. Las intersecciones se sucedían y la dichosa escalera no aparecía. Maldije mi temeridad y me asaltaron los más tétricos presagios. Supongo que me puse a llorar. Al cabo de un rato reanudé la marcha confiando en que el azar me pusiera en el buen camino. Había perdido, por supuesto, la noción del tiempo y de la distancia recorrida.

—¿No se te ocurrió pedir auxilio? —pregunté.

—Sí, claro. Grité con toda mi alma, pero las paredes eran sólidas y sólo me respondió un eco burlón. Anduve y anduve a la desesperada hasta que, en el límite de mis fuerzas, percibí al fondo del pasillo por el que iba un vago resplandor. Ululaba el viento y una fragancia dulzona, como de incienso y flores marchitas, penetraba el aire, que se me antojó cargado. Había recorrido con extrema lentitud buena parte de la distancia que me separaba del resplandor, cuando surgió ante mí una figura espectral y a mi parecer enorme. Había acumulado ya demasiadas emociones y me desmayé. Creí recobrar el conocimiento, pero no debió de ser así, porque me vi frente a una mosca gigantesca, como de dos metros de altura y proporcionado grosor, que me miraba con unos ojos horribles y parecía querer conectar su trompa repulsiva a mi cuello. Quise gritar, pero no pude articular ningún sonido. Volví a desvanecerme. Desperté de nuevo en un recinto abovedado iluminado débilmente por la luz verdosa que antes he descrito. Sentí la caricia de una mano en las mejillas y el cosquilleo de unos pelos en la frente. Pugné una vez más por gritar, porque pensé que sería la mosca la que me tocaba con sus patas asquerosas. Pero al punto advertí que quien me acariciaba era la propia Isabel, cuya cabellera rubia rozaba mi frente. Antes de que pudiera reclamar una explicación, Isabel me cubrió la boca con la palma de la mano y musitó en mi oído:

»—Sabía que podía confiar en tu afecto. Tanto valor y tanta lealtad no quedarán sin recompensa.

»Y separando la mano de mi boca puso en ésta sus labios ardientes y húmedos al tiempo que su cuerpo, que parecía gravitar en el aire, se derrumbaba sobre el mío, permitiéndome sentir a través de la tela sutil del camisón que lo cubría los desacompasados latidos de su corazón y el calor ardiente que de sus formas adorables irradiaba. ¿Para qué ocultar el gozo salvaje de que me sentí invadida? Nos fundimos en un febril abrazo que duró hasta que mis dedos trémulos y mi boca sedienta de placer...

—Un momentito, un momentito —dije yo un tanto sorprendido por el giro inesperado que tomaba la narración—. Esto no estaba en el programa.

—Vamos, vamos, querido —dijo ella con un gesto de impaciencia, como si la interrupción le pareciera fuera de lugar—, no te hagas el estrecho. Es posible que entre Isabel y yo hubiera algo más que una simple camaradería escolar. A esa edad y en un internado, las tendencias sáficas no son raras. Si has visto a Isabel, sabrás que su físico es el que la imaginería atribuye a los arcángeles. Aunque es posible que haya perdido, porque no la he vuelto a ver desde entonces. En aquellos tiempos, al menos, era un bombón.

Aquel epíteto, ya anacrónico en esta época de sexualidad desmitificada, me hizo sonreír. Ella interpretó mal mi expresión.

—No creas que soy una lesbiana de tapadillo —protestó—. Si lo fuera, lo diría. Todo lo que te cuento pasó hace muchos años. Éramos adolescentes y mariposeábamos a la luz ambigua del alba erótica. Mi actual inclinación por los hombres está fuera de toda sospecha. Puedes preguntar en el pueblo.

—Está bien, está bien —dije yo—. Sigue, por favor.

—Como iba diciendo, en tal placentero pasatiempo estaba —prosiguió narrando Mercedes—, cuando noté que mis dedos estaban manchados de sangre y que ésta provenía del cuerpo de Isabel. Le pregunté de dónde venía aquella sangre y ella, sin responder, me cogió de la mano e hizo que me incorporase, cosa que me costó bastante esfuerzo. Una vez de pie, me condujo a una mesa que en el fondo de la cripta había y sobre la que yacía un hombre joven, no mal parecido, calzado con las mismas wambas que yo había visto en la oscuridad del baño, y, por todas las trazas, muerto, pues estaba inmóvil y una daga sobresalía de su pecho, a la altura del corazón. Me volví horrorizada a Isabel y le pregunté qué había pasado. Ella se encogió de hombros y dijo:

117

»—¿Vamos a pelearnos por esta minucia ahora que lo estábamos pasando tan bien? Tuve que hacerlo.

»—¿Por qué?, ¿quiso propasarse? —pregunté yo.

»—No —dijo Isabel con el mohín de niña mimada que adoptaba siempre que la reprendían—. Es que soy la abeja reina.

»En lo que no le faltaba razón, al menos desde el punto de vista simbólico, ya que no está científicamente demostrado que las abejas se carguen a los zánganos una vez fecundadas. Algo hay de cierto en la mantis religiosa y en algunas especies de himenópteros de la Mesoamérica, los palpos de cuyas hembras segregan una sustancia...

Me vi precisado a interrumpir nuevamente la digresión de Mercedes Negrer, que al parecer sabía un poco de todo, y le rogué que siguiera contando lo que pasó en la cripta una vez descubierto el fiambre.

—Yo no sabía qué hacer. Estaba muy confusa e Isabel no parecía en condiciones de prestarme ninguna asistencia. Me daba cuenta de que alguna medida había que adoptar para sacar a mi amiga de aquel atolladero, porque no era cosa de que nos encontrara alguien y fuera ella a parar de por vida a la prisión. Calculé que debía de estar ya amaneciendo en el mundo exterior y que no nos sobraba tiempo para regresar al dormitorio. El cadáver no me preocupaba mucho, desde un punto de vista práctico, porque no era fácil que las monjas descubrieran el pasadizo que conducía a la cripta y, aunque tal eventualidad se produjera, no tendrían forma de conectar el asesinato con Isabel si conseguíamos ganar el dormitorio antes de que sonara

118

el despertador. El problema principal era la vuelta al dormitorio a través de un laberinto cuya trama me era desconocida.

»En estas cábalas andaba cuando oí un ruido. seco a mis espaldas, como de algo que se quiebra, y me volví justo a tiempo de sujetar a Isabel, que se desplomaba, pálida como la cera.

»—¿Qué te pasa? —le pregunté angustiada—, ¿qué ha sido ese ruido?

»—Han roto —me dijo— mi pobre corazoncito de cristal.

»Y se quedó exánime en mis brazos. Ululó de nuevo el viento en la cripta y sentí que me flaqueaban las fuerzas. Un ronquido ahogado me advirtió de la presencia de la mosca. Traté de proteger a Isabel. Caímos al suelo. Perdí el conocimiento.

»Me despertó el timbre del dormitorio. Estaba en mi cama y una niña de tercero que siempre estaba haciendo méritos me zarandeaba.

»—Date prisa —me decía— o llegarás tarde a la inspección. ¿Cuántas puniciones llevas este mes?

»—Dos —contesté mecánicamente.

»Tres puniciones eran una falta; tres faltas, un merecido; dos merecidos, un recargo; tres recargos, cero en conducta.

»—Yo ninguna —se ufanó la burra de tercero.

»Un trimestre entero sin puniciones daba derecho a la guirnalda de laboriosidad; dos guirnaldas en un curso, a la banda de San José; tres bandas en el bachillerato, al título de... Quizás estos datos no sean pertinentes a la historia.

»Sea como fuere, creí despertar de una horrible pesadilla. Mi primer impulso fue mirar la cama de Isabel: estaba deshecha y vacía. Pensé que se me habría adelantado y estaría en el baño. Pero no fue así. En la inspección descubrieron su ausencia. Nos molieron a preguntas: yo guardé silencio. A media mañana apareció un tal Flores, de la brigada social.

—¡Y dale! —dije yo sin poder contenerme.

—Nos interrogó sin demasiado entusiasmo y se fue —prosiguió Mercedes, que, como todos los sabihondos, nunca escuchaba las correcciones—. Tampoco dije ni pío. Aquella noche, extenuada, dormí profundamente, aunque las pesadillas impidieron que fuera un sueño reparador. Desperté al sonar el timbre y creí enloquecer al ver que en la cama contigua se desperezaba Isabel. El barullo me impidió cruzar con ella la palabra, pero ni de su conducta ni de su expresión pude deducir alteración alguna en su talante, que había recuperado la frialdad e insipidez que la caracterizaban. Volví a pensar que todo había sido un mal sueño y casi me había convencido a mí misma de ello cuando la madre superiora me convocó por conducto de la celadora a su despacho. Acudí más muerta que viva y al entrar en él vi que lo ocupaban, además de la superiora, mis padres, el inspector Flores y el señor Peraplana, el padre de Isabel. Mi madre lloraba con desconsuelo y mi padre tenía los ojos fijos en los zapatos, como si lo abrumara una vergüenza sin límites. Me hicieron sentar, cerraron la puerta, y el inspector dijo así:

»—Anteanoche se produjo en esta institución, que por el mero hecho de serlo merece todo respeto, un suceso para el que reserva nuestro código penal un nombre contundente; el mismo, dicho sea de paso, que le da el diccionario de la real academia. Yo, que repruebo la violencia, razón por la cual abracé el oficio de policía, me siento acongojado y de no ser por el magro sueldo que percibo, haría las maletas y me iría a trabajar a Alemania. ¿Sabes a qué me refiero, niña?

»No supe qué responder y rompí a llorar. La madre superiora pasaba las cuentas de su rosario con los ojos cerrados y mi padre palmeaba el hombro de mi madre en un vano intento de consolarla. El inspector sacó del bolsillo de su gabardina un envoltorio que desenrolló con prosopopeya y del que salió la daga ensangrentada que había visto yo sobresalir del cuerpo del difunto en la cripta. Me preguntó si había visto yo antes el arma homicida. Dije que sí. ¿Dónde? Saliendo del pecho de un señor. De las profundidades de la gabardina salieron a continuación dos wambas viejas. ¿Las reconocía? También dije que sí. Me ordenaron vaciarme los bolsillos de mi uniforme y, con gran sorpresa por mi parte, extraje de ellos, entre otras cosas, tales como un sacapuntas, un pañuelo bastante sucio, dos gomas de yogur para las trenzas y una chuleta con las obras de Lope de Vega, un duplicado de la llave del dormitorio. Comprendí que se me estaba culpando del asesinato que había cometido Isabel y que la única escapatoria que se ofrecía era contar la verdad y echarle a ella, literalmente, el muerto. Mis sentimientos, claro está, impedían este curso de acción. Además, revelar la verdad habría implicado revelar asimismo las circunstancias en que la había descubierto. Nada de lo que había sucedido aquella noche, eso estaba claro, debía saberse, so pena de arruinar la vida de Isabel y la mía. Pero, ¿llegaría mi abnegación hasta el extremo de acabar en la cámara de gas?

—En España no hay cámara de gas —apunté—. Si mucho me apuras, ni gas tenemos en las barriadas suburbiales.

—¿Quieres no interrumpir? —dijo Mercedes visiblemente irritada por lo que consideraba una morcilla en el drama que estaba escenificando.

—El castigo que nuestra legislación contempla para este tipo de actos —prosiguió diciendo el inspector— es el más severo que imaginarse pueda. Sin embargo... —hizo una pausa el inspector—... sin embargo, teniendo en cuenta tu corta edad, el alterado estado anímico que en determinados períodos de la vida aqueja a las mujeres y la intercesión de esta bondadosa madre —señaló a la superiora con el pulgar, sin demasiadas muestras de respeto— estoy dispuesto a no proceder como mi condición de servidor del pueblo me impone. Quiero decir, en términos legales, que no habrá atestado ni se incoará sumario. Soslayaremos un proceso cuyas pruebas, vistas, alegatos, conclusiones provisionales y definitivas, sentencia y recursos habrían de ser por necesidad dolorosos y una pizca verdes. A cambio de ellos, por supuesto, habrá que tomar ciertas medidas respecto de las cuales tus padres, aquí presentes, han dado ya su conformidad. De las disposiciones que al efecto se han adoptado, tienes que dar las gracias al señor Peraplana, también presente, que ha accedido a cooperar por mor del afecto que su hija te profesa y que él estima recíproco. Ídem por otras razones que no ha tenido a bien exponer y que a mí me traen sin cuidado.

»Las disposiciones a que aludía el inspector no eran otras que mi exilio y, en vista de la alternativa, las acepté de buen grado. Así que me vine a este pueblo y aquí estoy. Pasé los primeros tres años en casa de un matrimonio anciano, leyendo y engordando. La central lechera les daba un tanto al mes

122

para mi manutención. Luego conseguí, tras mucho batallar, que me dejaran independizarme. Me nombré maestra del pueblo aprovechando una vacante que nadie quería cubrir, muy justificadamente. Alquilé esta casa. No vivo mal. Los recuerdos han ido perdiendo nitidez. A veces desearía que mi suerte fuera otra, pero pronto se me pasa la melancolía. El aire es sano y me sobra el tiempo. Y en cuanto a otras necesidades, como te dije ayer, hago lo que puedo, que a veces no es mucho y a veces, bastante.

Calló Mercedes y el silencio que siguió sólo fue roto por el canto de un gallo que anunciaba el nuevo día. Al tacto comprobé que la humedad de las sábanas se había evaporado. Tenía sed y sueño y un verdadero revoltillo en la cabeza. Habría dado cualquier cosa por una Pepsi-Cola.

—¿En qué piensas? —preguntó ella con voz extraña.

—En nada —dije tontamente—, ¿y tú?

—En lo rara que es la vida. Seis años llevo guardando este secreto y acabo contándoselo a un rufián maloliente cuyo nombre ni siquiera sé.

Capítulo XII

INTERLUDIO INTIMISTA:
LO QUE YO PENSABA

—Es en verdad curioso —dije— cómo la memoria es el último superviviente del naufragio de nuestra existencia, cómo el pasado destila estalactitas en el vacío de nuestra ejecutoria, cómo la empalizada de nuestras certezas se abate ante la leve brisa de una nostalgia. Nací en una época que *a posteriori* juzgo triste. Pero no voy a hacer historia: es posible que toda niñez sea amarga. El transcurso de las horas era mi lacónico compañero de juegos y cada noche traía aparejada una triste despedida. De aquella etapa recuerdo que arrojaba con alegría el tiempo por la borda, en la esperanza de que el globo alzara vuelo y me llevara a un futuro mejor. Loco anhelo, pues siempre seremos lo que ya fuimos.

»Mi padre era hombre bueno e industrioso que mantenía a la familia fabricando lavativas con unas latas viejas de combustible muy en boga en aquel entonces por el uso extendido de un artilugio denominado petromax, hoy suplantado con ventaja por la abundancia de energía eléctrica. Unos laboratorios farmacéuticos suizos aposentados en España al amparo del plan de estabilización dieron al traste con el negocio. Fue papá hombre de suerte variable: de la cruzada fratricida del 36-39 salió mutilado, ex combatiente y ex cautivo de ambos bandos, lo que sólo le reportó trasiegos burocráticos, pero no recompensa ni castigo. Obstinadamente rechazó las pocas oportunidades que le deparó la fortuna y aceptó a ciegas todos los espejismos que el diablo tuvo a bien poner a su paso. Nunca fuimos ricos y los escasos ahorros que hubiéramos podido reunir los perdió papá apostando en las carreras de ladillas que se celebraban los sábados por la noche en la cantina del barrio. Por nosotros sentía un desapego posesivo; sus muestras de cariño eran sutiles: tuvieron que pasar muchos años para que las interpretásemos como tales; sus muestras de irritación, en cambio, eran inequívocas: nunca precisaron exégesis.

»Con mamá todo era distinto. Nos profesaba un auténtico amor de madre, absoluto y destructivo. Siempre creyó que yo sería alguien; siempre tuvo conciencia de que yo no valía para nada; desde el principio me hizo saber que perdonaba de antemano la traición de que según ella, tarde o temprano la haría víctima. Por el escándalo aquel de los niños tullidos y el congreso eucarístico, que no creo que recuerdes, pues serías tú muy niña si es que habías nacido ya, fue a parar a la cárcel de mujeres de Montjuich. Mi padre opinó que todo aquello era una maquinación urdida con el solo objeto de molestarle. Mi hermana y yo visitábamos a mamá los domingos en el locutorio y le llevábamos a hurtadillas la morfina sin la cual no habría podido soportar con alegría el encierro. Había sido mi madre persona activa, trabajando muchos años como mujer de hacer faenas, que es como el vulgo

125

llama al servicio doméstico supernumerario, aunque los trabajos le duraban poco por su incontrolable afán de robar de las casas los objetos más visibles, tales cuales relojes de pared, butacones y, una vez, un niño. Con todo y eso, no le faltaban hogares que atender, pues la demanda era entonces y, por lo que oigo, es ahora, superior en mucho a la oferta y la gente haragana está dispuesta a tolerar cualquier cosa a cambio de hacer poco.

»El hecho de que faltara mamá y de que papá nos hubiera abandonado hizo que tanto mi hermana como yo tuviéramos que espabilarnos a muy temprana edad. Mi hermana, la pobre, nunca fue muy lista, por lo que tuve que ser yo quien velara por ella, quien le enseñara a ganar algún dinero y quien le proporcionara los primeros clientes, aunque ella ya contaba por entonces nueve años de edad y yo sólo cuatro. A los once, harto ya de la persecución de que me hacía objeto el tribunal tutelar, habiendo contraído una enfermedad venérea y siendo mi deseo el no desperdiciar los talentos que creí poseer en la ignorancia, resolví ingresar en el noviciado de Veruela…

Un silbido lejano cortó mi perorata y me hizo volver a la realidad.

—¿Es un tren lo que chifla? —pregunté.

—Un mercancías —contestó Mercedes—, ¿por qué?

—Tengo que irme. Nada deseo con mayor fervor que tener ocasión de continuar esta charla —dije poniendo en estas palabras la única sinceridad que ha informado mis aseveraciones desde los tiempos en que juraba a los clientes de mi hermana que tenía para ellos un merengue de guindas—, pero he de partir cuanto antes. Gracias a tu ayuda tengo ya la solución del caso que me ha traído aquí. Sólo me faltan algunos datos complementarios y la prueba de que lo que pienso es cierto. Si todo sale bien, esta noche habré demostrado tu inocencia y dentro de unos días podrás ser dama de honor en la boda de Isabel. Y, por supuesto, los culpables de todo este enredo estarán donde les corresponde, que, por cierto, no sé dónde es. ¿Tienes fe en mí?

Esperaba que pronunciara un sí vehemente, pero guardó un hosco silencio la chica.

—¿Qué te pasa? —quise saber.

—No me habías dicho que se casaba Isabel.

—No te he dicho muchas cosas, para mañana estaré de vuelta y nada volverá a interrumpirnos.

Supuse que no decía nada por el natural recato que contrapesa las emociones intensas y con el corazón henchido de gozo recorrí a saltos el camino de la estación y pude abordar el último vagón de un mercancías ruinoso cuya máquina se perdía ya en la vaguada de las montañas que rodeaban el pueblo y cuyo verdor, en la primera luz del día, las hacía parecer una piedra preciosa cuyo nombre siempre confundo con el de una marca de lejía.

El vagón iba lleno de pescado fresco y su perfume salino me hizo soñar en otros horizontes más felices y en una vida de plenitud compartida. Con la locura irracional que acompaña a este tipo de embelesos, veía signos premonitorios en los accidentes más nimios: el cielo limpio, la brisa mansa, los ojos de los pescados, el mismo nombre de Mercedes, a la par patrona de Barcelona y epítome de la industria automovilística teutona. Y, al mismo tiempo, me resistía a que estas quimeras cristalizaran en formas demasiado reconocibles, porque temía para mis adentros que una vez rehabilitado su nombre, ella ya no quisiera saber más de mí. Demasiadas diferencias nos separaban. Ponderé incluso la posibilidad de renunciar a mis pesquisas, ya que, me decía, mientras ella siguiera condenada al exilio y obrara su secreto en mi poder, la tenía, por así decir, en mis manos. Pero ya dije en otra parte de este relato que soy un hombre nuevo y pronto rechacé la tentación, no sin alimentar simultáneamente la esperanza de que por una vez la virtud se viera recompensada en este mundo y no en el otro, al que no sentía querencia ni propensión.

El tren se eternizaba. Con el sol ya muy alto, el vagón se convirtió en un horno y el pescado empezó a heder de modo enfadoso. Fui arrojando a la vía los ejemplares que me parecieron más susceptibles de corrupción, pero cuando hube vaciado el vagón, comprobé con desmayo que la hediondez persistía y que ya mis ropas y todo mi ser daban de ello constancia. Me armé de paciencia y me recosté en un rincón, dedicando el resto del viaje a trazar planes, devanar proyectos, esclarecer enigmas y desenmascarar los embustes de que, en mi opinión, la mujer por la que mi corazón latía había sido víctima inconsciente. Esta ocupación, sin embargo, no me impidió contemplar el futuro con cierto desaliento. Aun cuando lograra resolver el caso de la niña desaparecida pronto y bien e hiciera brillar la inocencia de Mercedes, quedaba pendiente la muerte del sueco, que la policía se empeñaba en imputarme. En el hipotético supuesto de que también este misterio pudiera ser desentrañado, me decía yo, ¿qué iba a ser de mí? Con mis antecedentes delictivos y hospitalarios y mi total carencia de oficio, conocimientos y aptitudes, no me sería fácil encontrar un empleo bien remunerado sobre cuyos cimientos fundar un hogar. Por lo que me habían contado, los alquileres andaban por las nubes, la cesta de la compra era un cohete. ¿Qué hacer? Un vaho enturbió mis ensoñaciones.

Era pasado el mediodía cuando hizo su entrada el tren en Barcelona-Término. Salté del vagón y me oculté entre las ruedas del Talgo, escondrijo que abandoné a la carrera cuando un bocinazo intransigente, como correspondía a la categoría de la línea, me indicó que aquél estaba por arrancar. Ya en la calle, corrí al lugar donde todo investigador va a dar más pronto o más tarde: el registro de la propiedad, sito en un recoleto y soleado piso de la calle Diputación, al que llegué pocos minutos antes de que cerraran. Un pretexto malamente urdido hizo que me dejaran evacuar las supuestas diligencias que improvisé. El tufillo a pescado, estratificado sobre los restantes olores, ahuyentó a los somnolientos pasantes que aún ramoneaban por el local y a los jovencitos ambiciosos que persistían en la búsqueda de solares con los que especular. A mis anchas, pude entregarme a toda suerte de buceos registrales y al cabo de cierto tiempo encontré lo que buscaba y confirmé mis sospechas: la finca que ahora era el colegio de las madres lazaristas había pertenecido entre 1958 y 1971 a don Manuel Peraplana, que la vendió a las monjas por una suma exorbitante, habiéndolo adquirido en el 58 por una mínima fracción de su precio a un tal Vicenzo Hermafrodito Halfmann, de nacionalidad panameña, anticuario de profesión, residente en Barcelona desde 1917, quien, en esta última fecha, había adquirido el terreno, a la sazón baldío y edificado en él la mansión. No me cabía duda de que el panameño, junto con aquélla, había construido otro edificio en un predio colindante o, al menos, próximo, y había puesto ambos en comunicación, vaya usted a saber por qué, mediante un pasadizo secreto que partía de la falsa tumba del ábside de la capilla. Probablemente Peraplana había descubierto el pasadizo y lo había utilizado para sus perversos propósitos. Ahora bien, ¿por qué había vendido Peraplana la mansión a las monjitas si en 1971 todavía se servía del pasadizo? Y ¿adónde conducía el susodicho? Traté de averiguar qué otros inmuebles poseían Peraplana o el ya citado Halfmann, pero el registro, organizado por fincas y no por propietarios, no daba fe de ello. Me era preciso, pues, hablar directamente con Peraplana y a su casa me dirigí, aun consciente de los peligros que tal iniciativa entrañaba.

Capítulo XIII

UN ACCIDENTE TAN IMPREVISTO
COMO LAMENTABLE

Al llegar a la puerta de la torre me aguardaba un contratiempo con el que no había contado: una pequeña multitud, valga la paradoja, se aglomeraba frente al seto en actitud expectante. Reconocí entre los congregados a las criaditas a las que había sonsacado la tarde anterior y deduje de su presencia que la boda, que según mis cálculos debía celebrarse en unos días, estaba por llevarse a cabo, quizás anticipadamente. Me agencié en un quiosco cercano una revista tras la cual ocultar mi rostro y me colé entre los circunstantes mientras pensaba a la desesperada cómo introducirme en el coche nupcial que había de llevar a la contrayente y a su padre, si mi noción del ceremonial prescrito para tales solemnidades no me engaña, cosa que me parecía poco menos que irrealizable, pero que tenía que intentar si no quería que los recién casados se me fueran de luna de miel a Mallorca o a dondequiera que vayan los ricos en tales ocasiones, lo que habría dificultado, pero no finido, mis denodados esfuerzos.

La espera se prolongaba y tuve ocasión de hojear la revista. Saqué la conclusión de que en los tiempos que corrían, los jovencitos se dedicaban a escribir sobre política, arte y sociedad en tanto que los viejos se desahogaban retozando en el toril de lo psicalíptico. Una coterránea de Ilsa, llamada Birgitta y dotada de unos senos algo caídos para su estado temprano de desarrollo, se manoseaba «iniciándose en los misterios órficos de sus curvas recientes». Un vaivén de la multitud me impidió leer lo que sin duda eran las fantasías de un cerdo en apuros. Asomando los ojos y la parte correspondiente de la cabeza por sobre la revista, vi que se abría la puerta de la torre de los Peraplana y que de ella salían dos policías de gris uniformados. Me asusté al pronto, pero en seguida comprendí que no era mi presencia lo que motivaba la suya, pues formaban guardia en las escaleras como si esperasen la salida de un cortejo. Inferí que a la boda asistía alguna autoridad local y estaba por gritar ¡viva la novia! cuando me apercibí de que tras los policías asomaban unos camilleros llevando un cuerpo en una cama con ruedas como de bicicleta y una enfermera que sostenía una botella llena de algo granate y conectada a la cama por medio de un tubito. Un doctor con bata hospitalaria y algunas personas acompañaban el lecho ambulante. Una de las personas debía de ser Peraplana, pero, como no lo había visto nunca, no lo puedo atestiguar. A todas luces no era aquello una boda, por muy trastocada que ande la liturgia a raíz del último concilio. Y no contribuyó a empañar esta certeza el que asomaran a las ventanas del piso superior mujeres de apesadumbrada imagen que se enjugaban las lágrimas con pañuelos de blanco percal. De la multitud reunida se elevó un murmullo y los policías abrieron paso a la camilla hasta una ambulancia. Pregunté lo que había sucedido a un individuo que se empinaba junto a mí para no perder ripio.

—Una desgracia —respondió—. La pobre chica de esa casa, que se ha suicidado esta mañana. Estaba a punto de casarse. No somos nada, amigo mío.

Parecía locuaz y decidí seguir preguntando.

—¿Cómo sabe usted que se trata de un suicidio? El cáncer no respeta edad.

—Colgué los hábitos para casarme —dijo el individuo— después de diez años de sacerdocio. Entre lo que oí en el confesonario y lo que aprendí luego, no hay nada que yo no sepa.

Y se puso a reír a carcajadas su ocurrencia. Yo lo imité para que no se sintiera en ridículo. El individuo me puso una mano sudada en el hombro mientras con la otra se restañaba los ojos acuosos.

—No quiero, sin embargo —añadió—, que me crea taumaturgo o zahorí. El repartidor de la carnicería Bou, que curiosamente también se llama así, pero con doble uve, Wou, no sé de dónde será ese muchacho, me ha contado lo que pasó. Él estaba en la casa cuando se armó el pitote. Había ido a llevar la carne. ¿Le interesan esas cosas?

La noticia me había afectado y así se lo hice saber.

—La vida —dijo— es una hoja a merced del viento. *Carpe diem*, como decían los romanos. ¿Le gustan las mujeres? No, no me tome por un meticón. Es que le he visto hojear una revista de desnudismo. Esto del destape es una operación comercial para hacer dinero con nuestras frustraciones, créame. Yo no tengo nada contra los placeres de la carne, pero aborrezco los sucedáneos. Las mujeres, de carne y hueso y el café, café, como decíamos en mi juventud. No quiero parecer más modoso de lo que soy; no estoy exento de debilidades. Cada vez que leo una de estas revistas me la pelo. No me importa propagarlo a los cuatro vientos: todos estamos hechos de la misma pasta, ¿qué le parece?

Yo no escuchaba la cháchara de aquel majadero. Rememorando a la pobrecita Isabel, a la que había contemplado no sin admiración unas horas antes, no pude contener un par de lagrimones y algún que otro moco, leve homenaje a la fugacidad de nuestros sueños y a lo efímero de la belleza humana. Pero no era el momento propicio a filosofías, porque otra idea había tomado cuerpo en mi cerebro. Empecé a escudriñar a los allí reunidos a la caza de un rostro conocido. Mi estatura no es exagerada y tuve que dar saltos impropios del acontecimiento que se desarrollaba ante nuestros ojos hasta que di con el objeto de mi batida: una mujer que ocultaba sus facciones bajo una enorme pamela negra, tras unas gafas de sol y ayuso un espeso y variopinto maquillaje que desfiguraba sus prístinos rasgos. Este vano intento de disimulo me confirmó la disparidad de criterios que a mi ver existe en punto a belleza entre los hombres y las mujeres, creyendo éstas que su atractivo radica en los ojos, los labios, el cabello y otros atributos ubicados al norte del gañote, en tanto que el género masculino, por así llamarlo, salvo que prono a desviaciones electivas, centra su interés en otras partes de la anatomía, con absoluto desdén de las ya mencionadas. Y, así, por más que Mercedes Negrer hubiera hecho lo que ella juzgaba más eficaz para pasar desapercibida, un simple atisbo de su incendiaria delantera me habría bastado para identificarla aunque mediaran entre nosotros leguas de distancia.

Y distinguida que fue por mí, me abrí paso a cabezazos para reunirme con ella, la cual, viéndome llegar, quiso huir sin conseguirlo, ya que sus empellones no incitaban al alejamiento sino a la persistencia de quien los recibía. Gracias a esto, pronto la tuve bien sujeta del brazo y tironeando de ella, que se resistía, la saqué del gentío y la hice caminar a buen paso en busca de un lugar apartado, donde le dije:

—¿Qué has hecho, desgraciada?

Ella rompió a llorar haciendo un pastel de los afeites que en el cutis se había aplicado.

—¿Cómo has podido llegar antes que yo? —arrecié mis preguntas.

—Tengo coche —dijo entre hipos y estertores.

Yo había descartado tal posibilidad, sabedor del menguado sueldo que perciben nuestros maestros nacionales, pero no había contado con la munificencia de la central lechera, que le permitía destinar a lo superfluo el total de sus ganancias docentes.

—¿Por qué lo has hecho? —insistí.

—No lo sé. No encuentro explicación lógica a lo que me ha pasado. Cuando te fuiste esta mañana, estaba tranquila. Empecé a prepararme un desayuno dietético y, de pronto, como si una fiera agazapada hubiera saltado sobre mí, se me vinieron encima todos estos años de frustración y rencor. Quizá fue el resentimiento por una vida sacrificada a lo que yo creía tontamente una causa noble. Quizá fue el saber que Isabel se casaba... Quiero morirme, estoy muy asustada; no sé qué será de mí ahora. Tantos años desperdiciados...

—¿Qué ha pasado exactamente?

—Cogí el coche y me vine a toda mecha. Desde esa misma cabina que ves allí llamé a Isabel, que se llevó la sorpresa de su vida al oírme, porque me creía cursando estudios en el extranjero, la muy carota. Le dije que tenía algo importante que decirle y quedamos en vernos en un bar cercano. Confiaba yo en que su presencia calmara mis pasiones, pero sólo sirvió para atizarlas. Sin dejarla hablar, pues sólo habría dicho fruslerías, la cubrí de los peores insultos: le dije que siempre la había tenido por tonta, egoísta, mezquina y falsa. Ella no sabía de qué estaba hablando y me tomó por chalada. Entonces le referí lo sucedido hace seis años en la cripta del internado y le revelé que sus manos estaban tintas en la sangre de un hombre, tal vez su amante. La amenacé con dar publicidad a tan escabroso asunto si no rompía de inmediato su compromiso matrimonial. Yo únicamente pretendía airear mi irritación, vengarme sicológicamente. Pero Isabel, que sin duda no había leído a Freud, se tomó en serio mis palabras. Es posible también que el relato hiciera aflorar recuerdos enterrados en su subconsciente. Nunca tuvo carácter, la pobre Isabel, para encarar la parte sucia de la vida. Puesta en semejante encrucijada, sus defensas cedieron y se suicidó al volver a casa.

—¿Cómo lo sabes?

—Estuve merodeando por aquí al terminar la entrevista, un poco arrepentida. La vi entrar en la casa muy abatida. Luego hubo un terrible ajetreo. Llegó el médico. El mayordomo que lo recibió estaba muy consternado. Oculta tras el seto distinguí las palabras «suicidio» y «veneno».

—¿De dónde has sacado este maquillaje y estos estrafalarios aditamentos? —le pregunté más por distraerla de su aflicción que por curiosidad.

—Los tenía en casa. A veces me disfrazaba y posaba para mí sola ante el espejo de mi cuarto. Soy una reprimida. Nunca me he ido a la cama con un tío. Me dan miedo los hombres. Mi sedicente promiscuidad es sólo un número que oculta mi poquedad. ¡Qué bochornazo!

—Bueno, bueno —dije yo en tono paternal—, ya hablaremos de todo esto en otra ocasión. Ahora tenemos muchas cosas que dilucidar. Vas a hacer lo que yo te diga y, tal como te prometí, mañana habremos resuelto el caso.

—¿Y qué me importa a mí que se resuelva el caso?

—A ti, no sé; pero a mí, mucho. Mi hermana está en la cárcel y yo me juego la libertad, si no el pescuezo. No voy a claudicar a la vista de la meta. Estoy dispuesto a seguir solo si ello fuera preciso, pero tu ayuda me resolvería muchos problemas. Has cometido un acto reprobable y, además, inútil, porque Isabel no mató nunca a nadie ni tuvo un amante. Lo menos que puedes hacer por ella es contribuir a demostrar su inocencia. Es, asimismo, la única forma de redimir un poco tu mala acción, salvo que prefieras vivir el resto de tus días hostigada por los remordimientos. Por último, ¿qué alternativa te queda? Muerta Isabel, no hay ya razón alguna para que Peraplana te siga manteniendo a expensas de la lactaria. O te decides ahora a tomar las riendas de tu destino, o acabarás como... como yo, sin ir más lejos.

La plática pareció reconfortarla, porque dejó de llorar y recompuso los coloretes de su cara con una cajita oblonga que contenía un espejo y una pelusa polvorienta. Recordé que mi hermana se aplicaba cosmético con un retazo de bayeta y reflexioné que las diferencias sociales se patentizaban en los detalles más baladís o baladíes.

—¿Qué tengo que hacer? —dijo por fin con aire sumiso.

—¿Tienes el coche a mano?

—Sí, pero hay que mirarle el aceite.

—¿Y dinero?

—Me traje todos mis ahorros por si tenía que darme a la fuga.

—Esto es indicio de premeditación, guapa. Pero ya nos ocuparemos a su debido tiempo del elemento procesal. Vamos hacia el coche y te contaré por el camino lo que he descubierto y cuál es mi plan.

Capítulo XIV

EL DENTISTA MISTERIOSO

Era la hora de cenar para la gente que tales dispendios podía permitirse y las calles estaban una vez más medio vacías. Había empezado a llover nuevamente y las gotas tamborileaban en la capota del coche de Mercedes, un 600 abollado a punto de ascender de antigualla a reliquia, donde esperábamos sentados a que los habitantes de casa Peraplana, a cuya puerta nos habíamos apostado, dieran señales de vida. Hacía una hora que la afligida familia se había reintegrado al hogar y habría sido lo normal que sus miembros destinaran la noche a la congoja, pero yo preveía que algo iba a suceder y mis pensamientos se vieron pronto confirmados.

Primero salió el mayordomo protegido por un paraguas charolado y abrió de par en par la cancela; luego se hizo a un lado el mayordomo y unos faros potentes perforaron el negror de la noche; por último, un Seat, no el ametrallado, sino el otro, hizo su aparición. Una persona sola iba al volante. A una seña mía, Mercedes puso en marcha su cafetera.

—Procura no despegarte de él aunque tengas que renunciar a las peripecias aritméticas que

139

prescribe el código de la circulación en lo que a guardar distancias se refiere —le dije.

Echamos a rodar tan pegados al Seat que temí que nos diéramos un topetazo, del que la ley nos habría hecho responsables, porque me consta que la culpa es siempre del que va detrás, así el otro le haya provocado de palabra o de obra. De esta guisa llegamos a la Diagonal y, aprovechando un semáforo, me apeé, no sin antes repetir:

—Que no se te escape. Y ponte las gafas, por el amor de Dios, que nadie va a ver que las usas y puedes evitarte un accidente serio.

Me dijo que sí, apretó los dientes y salió disparada en pos del Seat. Yo paré un taxi, que ya antes había avizorado, y saltando dentro dije al taxista:

—Siga a esos dos coches. Soy de la secreta.

El taxista me mostró una chapa.

—Yo también —dijo—. ¿Qué rama?

—Estupefacientes —improvisé—. ¿Cómo va lo de los trienios?

—Mal, como de costumbre —dijo el falso taxista—. Veremos a ver ahora con las elecciones. Yo pienso votar a Felipe González, ¿y tú?

—A quien me digan los jefes —atajé para evitar unas confianzas que habrían acabado por ponerme en evidencia.

Habíamos rodeado Calvo Sotelo y seguíamos por la Diagonal. Tal como yo había calculado, el conductor del Seat no tardó en apercibirse de que otro coche lo seguía y como hábil maniobra y saltándose a la torera una prohibición, se metió por Muntaner abajo y despistó a la pobre Mercedes, a quien de poco arrolla un autobús cuando trataba denodadamente de hacer marcha atrás. Sonreí para mis adentros y dije al taxista que siguiera al

Seat. Este último, convencido de haberse desembarazado de su seguidor, había aminorado la marcha y no nos costó nada irle a la zaga. De paso, me había quitado de encima temporalmente a Mercedes sin herir su autoestima, ya muy maltrecha.

El Seat llegó a su destino: un chaflán de la calle Enrique Granados. Allí se detuvo el coche y se bajó el conductor, que enfiló un portal oscuro hundiendo la cabeza entre los hombros, como si así la lluvia no fuera a encontrársela. El portal se abrió y el conductor del Seat desapareció en sus profundidades. Pedí al taxista que esperase, pero me dijo que no podía.

—Tengo que ir a rondar la casa de Reventós, a ver si le descubro una chapucilla.

Le di las gracias y le deseé suerte. No aceptó que le pagase la carrera por ser del gremio, aunque esta vez tenía yo dinero, el que me había dado Mercedes antes de separarnos. Partió el policía camuflado y me quedé solo bajo el chaparrón. Un examen superficial del Seat no arrojó ninguna luz. La cédula de identificación fiscal daba el nombre de una sociedad inmobiliaria, evidentemente una patraña para evadir impuestos. Descerrajé la puerta con un ladrillo y husmeé el interior. La guantera no contenía más que documentos del vehículo, un mapa de carreteras mal doblado y una linterna sin pilas. Los asientos eran de terciopelo y el del conductor llevaba una esterilla de cañamazo superpuesta para evitar la transpiración del culo. De este detalle inferí que era el propio Peraplana quien habitualmente conducía el coche. No había razón alguna para creer que no era él quien acababa de entrar en el portal del chaflán. Por precaución, tomé nota mental del kilometraje, aunque no confiaba en retener el guarismo, ya que las matemáticas no son mi fuerte siendo yo de natural más inclinado a las humanidades. En el cenicero había colillas de Marlboro; en los filtros no se apreciaban restos de lápiz labial y sí la incisión de unos dientes regulares, tal vez no primigenios. Había ceniza en la alfombra, signo de que era el conductor quien fumaba. Una de las colillas guardaba humedades y el encendedor automático estaba todavía caliente. Confirmé que me las veía con el propio Peraplana. Salí del coche, no sin antes haber arrancado de su caja la radio y el tocacassettes para encubrir de robo mis pesquisas. Me deshice de ambos aparatos arrojándolos a una alcantarilla y por unos instantes ponderé la posibilidad de ocultarme en el portamaletas y ver dónde me llevaban, pero descarté pronto esta medida por peligrosa y porque me interesaba más saber lo que se cocía en la casa del chaflán, a la que había acudido Peraplana fresca aún la tierra donde yacía su hija.

En un bar de tapas del chaflán frontero pedí una Pepsi-Cola y me encerré en la cabina telefónica bien provisto de fichas y procurando no perder de vista el portal que me intrigaba. Busqué en la guía de calles el edificio en cuestión y empecé a llamar a todos los inquilinos a los que decía cuando contestaban:

—¡Hola, tú, aquí *Cambio 16* en plan de encuesta! ¿Qué cadena de televisión estás viendo?

Todos contestaban que la primera y un excéntrico que la segunda. En uno sólo de los números a los que llamé me dijeron de malos modos:

—Ninguna —y colgaron.

«Mordiste el anzuelo, sardineta», me dije mirando el nombre de quien tan descortés había sido con nuestra prensa. Plutonio Sobobo Cuadrado, dentista.

Sin dejar de observar el portal, me bebí la Pepsi-Cola y estaba metiendo la lengua por el cuello de la botella para apurar la última gota, cuando vi que dos hombres salían del portal acarreando con delicadeza un bulto envuelto en una sábana blanca. En la lobreguez del portal, una mujer presenciaba la operación retorciéndose las manos. El tamaño del bulto y su forma correspondían a una persona no muy grande, con certeza una niña. Los dos hombres metieron el bulto en el portamaletas del Seat y me regocijé de no estar yo ahí. Luego uno de los hombres se sentó al volante y partió el coche. Me habría gustado seguirlo, pero no se vislumbraba un taxi por ninguna parte. Concentré, pues, mi atención en el otro hombre, que volvió a entrar en el portal, habló un rato animadamente con la mujer que se retorcía las manos y cerró luego la hoja de madera. Pagué mi consumición, salí del bar y estudié el portal bajo la lluvia pertinaz. Visto lo que me interesaba, y que omitiré pues son tecnicismos de cerrajeros y maleantes, me apropié de una barra de metal que encontré en un solar en construcción y procedí a abrir la puerta de acceso al zaguán. De los buzones saqué el piso y puerta del dentista: segundo primera. Había un ascensor que parecía un ataúd, pero subí a pie por lo del sigilo. El interior del edificio respondía a su fachada gris, maciza, vulgar y un poco triste: una casa del Ensanche. Llamé a la puerta del dentista, que contestó inmediatamente a través de la mirilla.

—¿Quién va?

—Doctor, tengo un flemón que me trae frito —dije hinchando el carrillo.

—Usted no tiene nada, éstas no son horas de visita y yo tengo mi consultorio en el Clot —respondió el dentista.

—En realidad —dije yo explorando nuevas vías de acercamiento—, soy siquiatra infantil y quiero hablarle de su hija.

—Váyase usted ahora mismo, tío loco.

—Si quiere, me voy, pero volveré con la policía —amenacé con exigua convicción.

—Yo soy el que va a llamar a la policía si no se larga usted en menos que canta un gallo.

—Doctor —dije yo adoptando un tono menos enfático—, está usted metido en un lío de no te menees. Más vale que hablemos con sinceridad.

—No sé a qué se refiere.

—Sí que lo sabe, o no estaría usted manteniendo una conversación que nadie en su sano juicio mantendría. Sé todo lo referente a su hija y, por raro que le parezca, puedo ayudarle a salir del embrollo si está usted dispuesto a cooperar. Ahora voy a contar hasta cinco. Despacito, pero hasta cinco. Si para cuando acabe no me ha abierto esta puerta, me iré y usted solo pagará las consecuencias de su tozudez. Uno... dos... tres...

Percibí débilmente tras el paño una voz de mujer que decía:

—Ábrele, Pluto. A lo mejor sí que nos puede ayudar.

—...cuatro... y cinco. Buenas noches tengan ustedes.

La puerta se abrió y en el vano se recortó la figura que poco antes había visto en el portal. La mujer que se retorcía las manos se las seguía retorciendo a espaldas de su marido el dentista.

—Espere —dijo este último—. Nada se pierde

con hablar. ¿Quién es usted y qué tiene que decirme?

—No es preciso que se entere el vecindario, doctor —dije yo—. Invíteme a pasar.

El doctor se hizo a un lado y entré en un recibidor pobremente iluminado por una bombilla de bajo voltaje enjaulada en una lámpara de hierro forjado. Había en el recibidor un paragüero de loza, un perchero de madera oscura labrada y un sillón frailuno. En el papel de las paredes se repetía simétricamente una escena campestre. En la parte interior de la puerta había un sagrado corazón de esmalte que decía: bendeciré esta casa. Las baldosas del suelo eran octogonales, de varios colores y bailoteaban al paso.

—Tenga la bondad —dijo el dentista señalando un pasillo estrecho y tenebroso que no parecía tener fin.

Eché a andar por el pasillo seguido del doctor y de su mujer y arrepintiéndome de no haber propuesto que la entrevista se celebrase en terreno neutral, porque no sabía lo que me esperaba al fondo del pasillo y es notoria la capacidad de hacer daño que tienen los dentistas.

145

CAPÍTULO XV

EL DENTISTA SE SINCERA

Pero mis temores resultaron infundados, porque a medio pasillo me rebasó el doctor y prendió solícito una luz que iluminó un saloncito modestamente amueblado pero confortable, en uno de cuyos sillones me indicó que me sentara, al tiempo que decía:

—No podremos obsequiarle como desearíamos, pues tanto mi esposa como yo somos abstemios. Puedo ofrecerle un chicle medicinal que me ha enviado de propaganda un laboratorio. Dicen que va bien para las encías.

Decliné el ofrecimiento, esperé a que el matrimonio se sentara y dije así:

—Ustedes se preguntarán quién soy y a título de qué me injiero en sus asuntos. Les responderé diciendo que lo primero carece de importancia y que a lo segundo no sabría dar explicación, salvo que opino que andamos todos metidos en el mismo ajo, aunque tal cosa no me atrevo a afirmar hasta que no hayan contestado ustedes a unas preguntas que yo, a mi vez, les haré. Hace unos instantes le vi a usted, doctor, transportar un fardo y meterlo en el portamaletas de un coche. ¿Lo admite?

—Sí, en efecto.

—¿Admitirá usted también que el fardo en cuestión contenía o, mejor dicho, era propiamente un ser humano, presuntamente una niña y, osaré aventurar, su hija de usted, por añadidura?

Vaciló el odontólogo y su mujer tomó la palabra para decir:

—Era la nena, señor, tiene usted toda la razón.

Reparé en que era una mujer algo fondona, pero aún aprovechable. Sus ojos y el rictus de sus labios expresaban no sé qué y emanaba su persona un hálito que no supe a qué atribuir.

—¿Y no es asimismo cierto —proseguí recordando el elegante estilo que el ministerio fiscal desarrollaba en las vistas en que yo intervenía en calidad de acusado y, tengo para mí, en todas las demás— que la niña del fardo, su hija de ustedes, es la misma niña que desapareció hace dos días del colegio de las madres lazaristas de San Gervasio?

—Calla —dijo el dentista a su mujer—. No tenemos por qué contestar.

—Nos han descubierto, Pluto —dijo ella con un deje de alivio en la voz—. Y me alegro de que así sea. Nunca, señor, habíamos infringido la ley antes de ahora. Usted, que tiene pinta de hampón, estará de acuerdo conmigo en que no es fácil acallar la conciencia.

Expresé mi acuerdo y continué diciendo:

—La niña no desapareció del colegio, sino que fue sacada de él sin conocimiento de las monjas y traída a esta casa, donde ustedes la ocultaron mientras fingían estar muy apesadumbrados por lo que quisieron hacer pasar por secuestro o fuga, ¿no es así?

—Tal y como usted lo cuenta —dijo la señora.

147

La siguiente pregunta venía rodada.

—¿Por qué?

El matrimonio guardó silencio.

—¿Cuál era el objeto de esta farsa insensata? —insistí.

—Él nos obligó —dijo la señora. Y agregó dirigiéndose a su marido, que le lanzaba miradas reprobatorias—. Más vale que lo confesemos todo. ¿Es usted policía? —me dijo a mí.

—No, señora, ni muchísimo menos. ¿Quién es él? ¿Peraplana?

La señora se encogió de hombros. El odontólogo ocultó el rostro entre las manos y prorrumpió en sollozos. Daba pena ver llorar a un dentista con tanto desconsuelo. Esperé pacientemente a que se rehiciera y, una vez dueño de sí, el doctor abrió los brazos como quien va a exponer sus desnudeces y dijo lo que sigue:

—Usted, caballero, que parece observador y despejado, habrá colegido del barrio en que vivimos, la sencillez de nuestro vestuario y menaje y el hecho de que apaguemos automáticamente las luces al salir de una habitación, que pertenecemos a la sufrida clase media. Tanto mi señora como yo provenimos de modesta cuna y yo, personalmente, hice todos mis estudios con ayuda de becas y de unas clases particulares que me proporcionaron los jesuitas a través de la congregación. La cultura de mi señora se limita a unos conocimientos culinarios no exentos de altibajos y unas habilidades en el terreno de la costura que le permiten transformar trajes de verano en batas de casa que jamás usa. Aunque hace trece años que contrajimos matrimonio, nuestro menguado peculio sólo nos ha permitido tener una hija, bien a

148

nuestro pesar, viéndonos obligados desde hace ya mucho a recurrir a los anovulatorios, no obstante ser ambos católicos practicantes, lo que ha privado a nuestras relaciones sensuales de todo goce, por razón del remordimiento. Huelga añadir que nuestra hijita, desde el momento mismo de su concepción, se convirtió en el centro de nuestras vidas y que por ella hacemos incontables sacrificios, por los que nunca le hemos pedido cuentas, al menos explícitamente. La suerte, que en tantas otras cosas nos ha sido adversa, nos ha recompensado con una niña que reúne todas las gracias, no siendo la menor de éstas el acendrado amor que nos profesa.

Se volvió el dentista a su mujer, quizá en busca de corroboración, pero ella tenía los ojos cerrados y el ceño fruncido y parecía ausente, como si estuviera pasando revista a su vida, cosa ésta que no deduje, claro está, de su actitud abstraída, sino de la posterior reacción que en su momento narraré.

—Llegada nuestra hija a la edad de la razón —continuó el dentista—, discutimos mi señora y yo largamente y no sin cierto encono el colegio al que debíamos mandarla. Ambos coincidimos en que había de ser éste lo mejor que ofreciera la ciudad, pero, en tanto que mi señora se inclinaba por una escuela laica, progre y cara, yo era partidario de la tradicional enseñanza religiosa, que tan buenos frutos ha dado a España. No creo, por lo demás, que los cambios que recientemente han sobrevenido a nuestra sociedad sean duraderos. Tarde o temprano, los militares harán que todo vuelva a la normalidad. En las escuelas modernas, por otra parte, impera el libertinaje: los profesores, me consta, se jactan ante el alumnado de sus irregulares enjuagues matrimoniales; las maestras prescinden de ropa interior, y en los recreos se desalienta el deporte y se propicia la concupiscencia; se organizan bailes y excursiones de más de un día y se proyectan películas del cuatro. No sé si, como dicen, esto prepara a los niños a enfrentarse al mundo. Quizá se les vacune contra los peligros, prefiero no opinar. ¿De qué le estaba hablando?

—Del colegio de su hija de usted —le recordé.

—Ah, sí. Discutimos, pues, como le decía, y siendo mi señora mujer y yo hombre, tuvo ella que ceder, porque así es la ley natural. El colegio de las madres lazaristas de San Gervasio, que finalmente elegí, supuso para nosotros el doble sacrificio de tener que separarnos de la nena, ya que el régimen de internado no admitía excepciones, y de sufragar unas mensualidades que puedo calificar sin ambages de onerosas, tanto en términos relativos como absolutos. La educación, sin embargo, era esmerada y nunca nos quejamos, aunque bien sabe Dios que el dinero no nos sobraba. Y pasaron los años.

Abanicó lentamente el aire con las manos como si a este conjuro fueran a proyectarse en el espacio secuencias de aquella insípida saga familiar.

—Todo iba bien —prosiguió diciendo en vista de que nada de eso sucedía—, hasta que leí en una de las revistas que me envían gratuitamente al consultorio un artículo sobre los adelantos de la industria alemana en materia de ortodoncia. Le ahorraré los tecnicismos. Bástele saber que se me metió entre ceja y ceja adquirir un torno eléctrico y arrinconar el de pedales que había venido

150

usando y que, dicho sea de paso, no hacía feliz a la clientela. Acudí a todos los bancos de la plaza, pero me negaron el crédito que les solicitaba, por lo que hube de recurrir a instituciones financieras un tanto más exigentes en lo que a intereses se refiere. Firmé cambiales. Me llegó el torno, pero las instrucciones estaban en alemán. Probando con los pacientes, perdí algunos. Las letras vencían con pasmosa celeridad y tuve que pedir nuevos préstamos para amortizarlas. En suma: me entrampé sin remisión. Mis creencias y mis responsabilidades como padre y marido me cerraban la solución cobarde del suicidio. Sólo me quedaba esperar el presidio y el deshonor. La sola idea de que mi mujer tuviera que ponerse a trabajar se me hacía odiosa. No busco paliativos a mis culpas, sólo quiero que comprenda usted mi situación y calibre mis angustias.

»Una mañana se presentó en el consultorio un elegante y grave caballero. Pensé que traía una orden de lanzamiento o incluso de comparecencia, pero no era, como su atuendo y su prestancia parecían indicar, un oficial de juzgado, sino un financiero que se negó a identificarse y que manifestó estar al corriente de mis aprietos. Me dijo que podía ayudarme. Quise besar su mano, pero él la levantó, así, y me dejó succionando el aire. Me preguntó si tenía una hija en el internado de San Gervasio. Asentí. Me preguntó si estaba dispuesto a hacerle un favor y a guardar un secreto. Me dio su palabra de que la nena no sufriría ningún perjuicio. ¿Qué podía yo hacer? Estaba, como se dice, entre la espada y la pared. Me avine a lo que me pedía. Hace dos noches trajo a casa a la nena: estaba muy pálida y parecía muerta, pero el señor nos aseguró que no le pasaba nada, que había tenido que administrarle un sedante como parte de su plan. Me dio una caja de cápsulas que la nena debía inhalar cada dos horas. Por mis conocimientos profesionales supe que las cápsulas contenían éter. Quise echarme atrás en el trato, pero el señor atajó mis protestas con sardónica risa como la que voy a imitar para usted: je, je.

»—Ya es tarde para arrepentimientos —dijo—. No sólo obran en mi poder las letras que usted aceptó e irán al protesto al menor indicio de insubordinación, sino que este asunto ha trascendido ya los lindes de lo preceptuado por el código penal. Ni usted, ni su señora esposa, ni siquiera su hija se verán libres de procesamiento si no se atienen estrictamente a mis órdenes.

»Y así, asustados e impotentes, hemos pasado estos dos últimos días, drogando a la nena y esperando que de un momento a otro cayese sobre nosotros el peso de la ley. Esta noche vino otra vez el caballero en cuestión y me ordenó que le entregase a la nena. La envolvimos en una sábana y la metimos en el portamaletas del coche, como usted dice que vio. Eso es todo.

Calló el odontólogo y los sollozos volvieron a agitar su cuerpo. La mujer se levantó, cruzó el salón y se puso a contemplar los geranios mustios que adornaban el balconcito. Cuando habló la mujer, la voz pareció salirle del estómago.

—Ay, Pluto —dijo—, en mala hora me casé contigo. Siempre has sido un ambicioso sin empuje, un tirano sin grandeza y un botarate sin gracia. Has sido vanidoso en tus sueños y apocado ante la realidad. Nunca me has dado nada de lo que yo esperaba, ni siquiera de lo que yo no esperaba, cosa que habría agradecido igual. De mi insondable capacidad de sufrimiento sólo has aprovechado mi sumisión. Contigo me ha faltado no ya la pasión, sino la ternura, no ya el amor, sino la seguridad. Si no temiera como temo las miserias de la soledad y la escasez, mil veces te habría abandonado. Pero este asunto es la gota que desborda el vaso. Búscate un abogado y tramitaremos la separación.

Y salió del salón sin atender a los aspavientos de su marido, que parecía haberse quedado mudo. Oímos su taconeo por el pasillo y un portazo iracundo.

—Se ha metido en el baño —me informó el atribulado dentista—. Siempre hace lo mismo cuando le da la histeria.

Yo, que tengo por norma no entrometerme en los asunto maritales del prójimo, me levanté para irme, pero el dentista me agarró con las dos manos del brazo y me obligó a sentarme. Se oyó correr un grifo.

—Usted —me dijo— es un hombre. Usted me comprenderá. Las mujeres son así: se les da todo hecho y se quejan; se les da cuerda y se vuelven a quejar. Sobre nosotros recaen todas las responsabilidades, nosotros hemos de tomar todas las decisiones. Ellas juzgan: que la cosa sale bien, vaya y pase; que sale mal: eres un calzonazos. Sus madres les llenaron la cabeza de fantasías, todas se creen que son Grace Kelly. Pero, claro, usted no entiende lo que le estoy diciendo. Usted pone cara de a mí qué más me da. Usted, por su apariencia, pertenece a esa clase feliz a la que también se le da todo mascado. No tienen ustedes de qué preocuparse: ni mandan a sus hijos a la escuela ni los llevan al médico ni tienen que vestirlos ni darles de comer: los sueltan desnudos a la calle y allá te las compongas. Les da lo mismo tener uno que cuarenta. Visten de harapos, viven hacinados como bestias, no frecuentan espectáculos ni distinguen entre un solomillo y una rata chafada. Las crisis económicas no les afectan. Sin gastos que atender, pueden destinar todos sus ingresos a degradarse y, ¿quién les pide luego cuentas? Si el dinero no les basta, hacen huelga y esperan a que el Estado les saque las castañas del fuego. Se hacen viejos y, como no han sabido ahorrar un duro, se echan en brazos de la seguridad social. Y, mientras tanto, ¿quién permite el desarrollo?, ¿quién paga los impuestos?, ¿quién mantiene la casa en orden? ¿No lo sabe? ¡Nosotros, señor mío, los dentistas!

Le dije que tenía mucha razón, di las buenas noches y salí, porque se hacía tarde y me quedaban aún algunas incógnitas por despejar. Al recorrer de nuevo el pasillo hacia la puerta, percibí un chapoteo proveniente de lo que deduje sería el cuarto de baño.

En la calle, los taxis brillaban por su ausencia y con los transportes públicos no había que contar. Emprendí un trotecillo ligero y llegué calado hasta los huesos al bar de la calle Escudillers donde había dado cita a Mercedes, a la que encontré rodeada de trasnochadores que se la querían ligar. La pobre chica, que no en vano venía de un pueblo decente, estaba aterrorizada ante tanta insolencia, pero fingió un divertido desparpajo cuando me vio entrar. Un fulano cuya camisa desabotonada dejaba entrever pelarros y tatuajes me miró con ojos enrojecidos y provocadores.

—Podíamos haber quedado en Sándor —me recriminó Mercedes.

—No se me ha ocurrido —dije yo.

—¿Es éste tu maromo, macha? —preguntó el matón de la camisa reveladora.

—Mi novio —dijo Mercedes imprudentemente.

—Pues voy a hacer con él croquetas Findus —se jactó el perdonavidas.

Y cogiendo por el gollete una botella de vino vacía, la estrelló contra el mostrador de mármol, clavándose en la mano los cristales y sangrando con profusión.

—¡Mierda! —exclamó—. En las películas siempre sale bien.

—Son botellas de pega —dije yo—. ¿Me permite que le vea la mano? Soy practicante en el Clínico.

Me mostró la mano ensangrentada y le vacié un salero en las heridas. Mientras aullaba de dolor, le partí un taburete en la cabeza y lo dejé tendido en el suelo. El dueño del bar nos instó a que nos fuésemos, pues no quería camorra. Ya fuera, Mercedes se puso a llorar.

—No pude seguir al coche, como tú me habías dicho. Me despistó. Y luego he pasado mucho miedo.

Su desazón me inspiró una gran ternura y casi lamenté haberla metido en aquel enredo.

—No te preocupes más, mujer —le dije—. Ya estoy yo aquí y todo terminará bien. ¿Dónde tienes el coche?

—Mal aparcado en la calle del Carmen.

—Pues vamos allá.

Al llegar junto al coche, se lo estaba llevando la grúa. No sin debate aceptaron los funcionarios municipales que satisficiéramos la multa y nos quedáramos con el vehículo. A cambio del dinero nos dieron un recibo cuidadosamente doblado y nos conminaron a no leerlo hasta que se hubieran ido. El recibo rezaba así: «Es usted constante en sus afectos, pero su hermetismo puede ocasionar malentendidos; cuide sus bronquios.»

—Me temo —dije— que hemos sido estafados.

Capítulo XVI

EL CORREDOR DE LAS CIEN PUERTAS

Eran casi las dos de la mañana cuando Mercedes logró aparcar el 600 en una callejuela relativamente próxima al colegio de las madres lazaristas. Me eché al hombro los artilugios que habíamos adquirido aquella misma tarde y echamos a andar por las calles solitarias. A Dios gracias, había parado de llover.

—Recuerda bien las instrucciones —le iba yo diciendo a Mercedes—. Si dentro de dos horas no doy señales de vida...

—Llamo al comisario Flores, ya lo sé. Me lo has repetido cien veces. ¿Te crees que soy tonta?

—No deseo correr riesgos inútiles, compréndelo —me disculpé—. No sé a lo que me voy a tener que enfrentar en esa maldita cripta, pero me consta que quienes se valen de ella no se andan con miramientos.

—Para empezar —dijo Mercedes—, tendrás que vértelas con la mosca gigante.

—No hay tal mosca gigante, boba. Lo que viste fue una persona cubierta con una careta antigás. Parece que esos tipos le dan duro al éter.

—¿No deberías llevarte un canario? —sugirió Mercedes.

—¡Sólo me faltaría eso! —dije yo.

Nos habíamos detenido ante la verja erizada de lanzas. El silencio era sobrecogedor y en el edificio del colegio no brillaba una sola luz. Suspiré presa de vacilaciones. Mercedes susurró a mi oído:

—Valor.

No quise decirle que depender de ella, de quien sólo sabía que acababa de cometer un asesinato moral y los pocos datos más que ella misma había tenido a bien proporcionarme, era precisamente lo que me inquietaba.

—Deséame suerte —dije como había oído decir en las películas.

—Por si no volvemos a vernos —dijo Mercedes con bastante poco tacto—, quiero que sepas una cosa: lo que te dije esta tarde de que era yo una reprimida no era verdad. He tenido un sinfín de amantes. Me acosté con todos los negros; hombres, mujeres, niños, camellos, todos. Una tribu entera.

Supuse que el peligro había excitado su imaginación y le dije que lo creía a pies juntillas. Mientras tanto, había encontrado lo que buscaba: un montón de excrementos de perro de reciente fabricación. Los recogí de la acera con sumo cuidado, procurando no alterar su forma original, y los arrojé al jardín del colegio por entre los barrotes de la verja. No tardaron en hacer su aparición los dos mastines, que procedieron como yo había previsto, pues tengo observado que los perros, que pasan por animales inteligentes, suelen olisquear las deposiciones de sus congéneres con evidente delectación y los mastines no eran excepción a esta desafortunada regla. Entretenidos, pues, los cancerberos con tan barato obsequio, rodeamos a la carrera el muro hasta llegar al extremo opuesto, donde su altura era inferior. Me subí sobre los hombros de Mercedes, que, pese a mi esmirriada complexión, se bamboleaba como barquilla al viento, y tendí sobre el remate del muro una manta que habíamos adquirido aquella misma tarde en un local que tal artículo vendía. Así pude ganar la parte superior del muro sin que los fragmentos de cristal en él cimentados hicieran de mí un *ecce homo*. Oteé el panorama mientras me colgaba en bandolera el zurrón que desde abajo Mercedes me tendía: los perros seguían ausentes. Saqué del zurrón una hermosa butifarra comprada en el mercado del Ninot con la que, en caso de apuro, pensaba sobornar a los mastines, y salté al suelo. El tierno césped mitigó el golpe. Desde la calle, Mercedes tiró de la manta para borrar toda traza del escalo, y al hacerlo sucedió una cosa imprevista: una segunda manta, de cuya existencia no nos habíamos percatado hasta entonces, se desprendió de los repliegues de la primera y me cayó encima, cubriéndome de la guisa que se cubren los fantasmas y haciéndome tropezar con una raíz que del suelo sobresalía, con lo que caí de bruces hecho un paquete. Recordé entonces que en la tienda de mantas campeaba un letrero anunciando que a todos los novios que tal prenda compraran se les regalaría otra de idéntico tamaño, color y tejido, la necesitaran o no. Yo no había parado mientes en este detalle, ya que Mercedes y yo no habíamos dado con nuestra conducta pábulo alguno a conjeturas sobre la naturaleza de nuestras relaciones.

En fin, como iba diciendo, me hallaba yo enzarzado en lucha con la manta, cuando percibí unos gruñidos amenazadores y sentí a través de la lana, si de tal material era la manta, el húmedo hocico de los perros, que habían abandonado su entretenimiento y habían acudido con ejemplar diligencia al ruido de mi derrumbe. Por ventura, todas las mantas nuevas desprenden un olor especial y no precisamente bueno y ello impidió que los mastines advirtiesen la presencia de un ser humano bajo la envoltura. Decidido a aprovechar tan imprevisto percance, y asiendo entre los dientes la butifarra, que me pareció en exceso dura para su precio astronómico, avancé por el césped a cuatro patas, procurando que ninguna de las extremidades de que estoy dotado sobresaliera de la cobertura, y así, siempre cortejado por los perros, que debían de devanarse los sesos tratando de imaginar qué sería aquello, llegué hasta la pared del colegio. Venía entonces un momento crítico: el de salir de mi refugio y penetrar en el edificio.

Levanté con prudencia uno de los bordes de la manta y por allí arrojé con fuerza la butifarra, tras la cual partieron los perros. Viéndome libre de su presencia, recobré la verticalidad y miré la pared que ante mí se alzaba para descubrir con horror que no había en ella ventana, enredadera ni asidero alguno por el que trepar. Volvían los perros a todo correr con la butifarra en las fauces de uno de ellos cuando, en la desesperación que me embargaba, se me ocurrió tirar sobre ellos la manta, en la que quedaron aprisionados los dos, invirtiéndose así los papeles que momentos antes habíamos representado mastines y yo en el gran teatro del mundo. Supongo que se morderían recíprocamente o que, al abrigo de la curiosidad ajena, se entregarían a libidinosos actos, que no son los perros remilgados cuando de holgar se trata. Yo, por mi parte, corrí pegado al edificio hasta que descubrí un ventanuco abierto por mor de lo benigno del clima, a través del cual me colé con la agilidad que da el pánico.

No sabía dónde estaba, pero unos ronquidos me indicaron que había ido a parar a una celda donde probablemente dormía una monja. Saqué del zurrón la linterna que también habíamos comprado y comprobé, al querer usarla, que tenía entre las manos la butifarra y que, en el nerviosismo propio de las circunstancias, había ofrendado a los perros la linterna. A ciegas, pues, y procurando mantenerme lejos de los ronquidos, atiné con una puerta cuyo pomo giró sin resistencia, la puerta se abrió y salí a un corredor que recorrí tanteando las paredes y que torcía en ángulo recto siempre a la izquierda, por lo que di varias vueltas completas regresando siempre al punto de partida. Ya para entonces había yo perdido todo sentido de la orientación y del tiempo. No quería probar lo que había detrás de las puertas que mi mano iba encontrando, porque temía que correspondieran a otros tantos dormitorios. Sin embargo, y descartando la idea de que el corredor no tuviera salida y de que las monjas accedieran a sus aposentos por las respectivas ventanas, me dije que alguna de las cien puertas que llevaba tanteadas tenía que comunicar con el resto del edificio. Pero, ¿cuál?

Hurgándome con fiereza las fosas nasales, cosa que ayuda mucho a la reflexión, di en pensar en la especial idiosincrasia de las órdenes religiosas y encontré pronto la forma de resolver el problema que se planteaba. Volví a recorrer el pasillo entero, examinando esta vez al tacto las puertas que iba hallando al paso, y advertí con alegría que una sola de todas ellas tenía cerradura. Con una lima de

161

uñas que llevaba en el zurrón y la experiencia adquirida en mi pasado delictivo, forcé la cerradura y desemboqué en una escalera que ascendía al primer piso.

Llegué a un refectorio en cuyas mesas estaban colocados ya los útiles del desayuno. Aquello me recordó que desde la cena de la noche anterior no había comido nada. Me senté en una de las banquetas y di cuenta de la butifarra, que, con todo y estar cruda, me supo a gloria. Repuestas las fuerzas, proseguí mis exploraciones. Resumiré los incidentes de aquel interminable peregrinar por el internado diciendo que encontré por fin, gracias a la minuciosa descripción suministrada por Mercedes, la puerta del dormitorio de las alumnas, que forcé con la lima la cerradura y que entré sigilosamente en él sin despertar a sus ocupantes. El dormitorio era una sala rectangular y vasta a cuyos lados se alineaban en doble fila las camas. A la izquierda de cada cama había una mesita de noche y a la derecha una silla donde reposaban esmeradamente doblados los uniformes de las niñas y, ¡oh visión turbadora!, sus respectivas braguitas. Un rápido cálculo me hizo saber que era yo el único varón entre sesenta y cuatro angelitos en el vértice de la pubertad. Sólo me faltaba determinar cuál de las sesenta y cuatro niñas era la hija del dentista para dar cima a la primera etapa del plan. Se preguntará usted, sin duda, querido lector cómo iba yo a reconocer a la niña en cuestión, a la que nunca había visto, y si tal es el caso, hallará la respuesta en el capítulo siguiente.

162

Capítulo XVII

EN LA CRIPTA

Por segunda vez en la noche, que no en mi vida, me puse a cuatro patas y empecé a gatear por entre las camas tanteando los zapatos aparejados bajo las sillas. Todos estaban húmedos por la lluvia, salvo un par: los de la hija del dentista. Singularizado de esta forma tan sencilla el objeto de mis pesquisas, dio principio la segunda y más peliaguda parte del programa. Saqué del zurrón un pañuelo impregnado en purodor, sustancia muy apreciada en los wáteres de los cines del barrio, y me cubrí con él nariz y boca, anudándolo en la nuca y adquiriendo aspecto de malo de película del oeste. Saqué luego una ampolla de éter que Mercedes, siguiendo mis enseñanzas, había pispado de una farmacia mientras yo distraía a las dependientas haciendo como que quería pedir preservativos y no me atrevía a explicitarlo. Con la lima de uñas rompí la ampolla y el éter se evaporó ante las naricitas de la niña, a las que había aproximado el fármaco. No tuve que aguardar ni cinco segundos a que la niña se incorporara en el lecho, apartase la sábana y el cobertor y pusiera los pies en el suelo. La tomé con delicadeza del brazo y la conduje a la puerta sin que nada alterase su docili-

163

dad. Ajusté la puerta a nuestras espaldas y juntos anduvimos los baños, la escalera, la recámara y, por último, la capilla, llegando así hasta la falsa lápida, en la que se leía V. H. H. y la frase HINC ILLAE LACRIMAE. Dejé a la niña inmóvil junto a un armarito que contenía ornamentos litúrgicos y tiré con fuerza de la argolla que sobresalía de la lápida. La condenada losa no se desprendía y me extrañó que en su día Mercedes, entonces adolescente frágil, hubiera podido levantarla con sus solas fuerzas. Tras varios intentos extenuantes, cedió la piedra, que retiré, dejando en su lugar un hueco oscuro y maloliente. Me metí en el hoyo, tropecé, caí de boca y me encontré abrazado a un horroroso esqueleto. Sofoqué a duras penas un grito y salí precipitadamente de la huesa, sin dejar de preguntarme qué había pasado, hasta que se hizo la luz en mi cerebro y maldije en mi estupidez. ¡Asno de mí! En mi precipitación, me había equivocado de sepultura y había profanado la que contenía los restos mortales de V. H. H. Si mi desconocimiento de los idiomas extranjeros no hubiera sido tan craso, habría reparado en que la inscripción grabada en la losa que acababa de levantar no era la que Mercedes había citado. Pero, lerdo como soy, tomé una leyenda por otra, como el suizo aquel al que conocí en cierta ocasión, que, no sabiendo en castellano otra palabra que puñeta, la repetía dondequiera que iba en la creencia de que así hablaba el idioma del imperio y de que todo el que le oyera debía interpretar acertadamente sus intenciones. Yo, en aquella oportunidad, le había vendido como cocaína lo que no eran sino polvos de talco, que el presuntuoso y obtuso suizo pagó a tocateja e inhaló con entusiasmo hasta quedar hecho un payaso. Y ahora era yo el que cometía idéntica torpeza. Nunca diga usted, lector, de esta agua no beberé.

Repuesto del susto, pero aún agitado, utilicé el pañuelo que me cubría los orificios respiratorios para restañarme el sudor de la frente, hecho lo cual, guardé distraídamente el pañuelo en el zurrón, descuido éste que, como se verá, había de costarme caro.

La losa fetén, por así decir, estaba contigua a la que yo había levantado y cedió al primer tirón, dejando franco acceso a las escaleras que Mercedes me había descrito, por las que descendí empujando a la niña, no fuera a haber alguna celada oculta. La oscuridad era total y lamenté grandemente la pérdida de la linterna. Por precaución y quizá por nerviosismo, apreté tanto el brazo de la criatura que ésta se puso a gemir en sueños. Admito que mi tratamiento era poco considerado, pero debo recordar a quien así lo estime que estábamos entrando en un laberinto y que sólo la tonta cataléptica que me había agenciado podía guiarme de forma segura por aquel dédalo de corredores, razón ésta por la que la había secuestrado, que, de otro modo, a buena hora habría yo andado haciendo de ayo por el subsuelo. A quien otros pensamientos abrigue le aclararé que la niña tenía cara de lechoncito y que estaba en una fase de desarrollo en la que nada bueno se podía hacer con ella, salvo en la esfera de lo educacional. No faltará, por último, quien alegue que el hecho de haber recorrido en estado hipnótico el laberinto una vez no implicaba que pudiera repetir ahora la suerte con igual éxito, y responderé yo a esta persona que tiene toda la razón, pues apenas hubimos recorrido cien pasos nos perdimos. Seguimos caminando y caminando y un corredor llevaba a otro y éste a otro más, sin más lógica ni sistema que la mala voluntad de quien concibió aquel desvarío.

—Mucho me temo, guapa —dije a la niña, aun sabedor de que no podía oírme—, que esto es el fin. No diré que no me importa, porque tengo un férvido y, al decir de muchos, injustificado apego al pellejo, pero es hasta cierto punto normal que un pendejo como yo acabe sus días en esta alegoría arquitectónica de mi trayectoria vital. Siento, en cambio, muchísimo que tengas tú que correr mi misma suerte sin comerlo ni beberlo. Éste parece ser el destino de algunos de los seres humanos, como parecía dar a entender tu padre no hace mucho, y no seré yo quien objete ahora precisamente el orden del universo. Hay pajaritos que sólo sirven para polinizar flores que otros animales se comen para dar leche. Y hay quien de esta concatenación saca enseñanzas. Es posible que las haya, no sé. Yo, pobre de mí, siempre me he empeñado en ir a la mía, sin tratar de entender la maquinaria de la que quizá soy pieza, como el escupitajo que en las gasolineras echan a las ruedas después de inflarlas. Pero esta filosofía, si es que es alguna, no me ha dado buen resultado. Ya me ves, nena.

Esta triste perorata, moraleja de mi vagar por el mundo, no me impidió advertir que el aire, enrarecido y polvoriento, del corredor por el que íbamos, se penetraba poco a poco de un vago olor a brillantina o a loción facial para después del afeitado, lo que me hizo pensar que podía haber un hortera al acecho. Saqué del zurrón el martillo que con fines de defensa me había procurado y para hacerlo tuve que soltar a la niña. Cuando quise asirla de nuevo, mis manos sólo asieron el vacío. De pasada diré que una pistola habría sido artículo más práctico que un martillo, pero su adquisición en una armería habría suscitado problemas insolubles de licencia y el mercado negro me estaba vedado, ya que los precios se habían disparado recientemente merced a la proliferación del terrorismo.

Supuse, al principio, que la niña se me habría adelantado y quise apretar el paso para alcanzarla, pero las piernas me pesaban y sólo con un esfuerzo pude seguir andando. Sentí un retortijón que atribuí a la butifarra que acababa de jamarme y un ligero mareo no del todo desagradable. Me caí, me levanté y proseguí la marcha, sin parar, sin parar, hasta que me pareció que no había hecho otra cosa en toda mi vida. Entonces, muy a lo lejos, percibí una fosforescencia verdosa y creí oír una voz que me llamaba diciendo:

—Eh, tú, ¿a qué esperas?

Y yo, que de buena gana me habría sentado en el suelo, me dirigí a la fosforescencia, porque la voz que me incitaba a porfiar en mi empeño era la de Mercedes y pensé que tal vez necesitara mi ayuda. Tanto me costaba moverme, sin embargo, que tuve que dejar el martillo y el zurrón en el suelo y no dejé también los jirones de ropa que aún llevaba porque no se me ocurrió semejante desatino. Un silbido empezó a perforarme los tímpanos y, cuando quise llevarme las manos a las orejas, advertí que no podía levantar los brazos.

—Vamos, vamos —decía la voz de Mercedes.

Y yo me iba repitiendo para mis adentros:

—No te engañes, desgraciado, que todo esto es una alucinación. El corredor está lleno de éter. Ve con cuidado: es una alucinación.

—Eso decís todos —se rió Mercedes—, pero luego os comportáis como si no lo fuera, cochinos. Anda, ven, toca mis mollitas y verás si soy o no fruto de tu imaginación.

Y su figura, que se perfilaba ahora con claridad contra la luz verdosa de la cripta, tendía hacía mí unos brazos invitadores que apenas si rebasaban en longitud el melonar celestial que entre ambos descollaba.

—Sólo un espejismo —le dije— habría podido conjeturar la naturaleza de mis inclinaciones por ti, Mercedes.

—¿Y qué más da eso —dijo ella sin especificar a qué se refería—, si ha servido para que encontraras el camino que habías perdido?

Y una voz en la penumbra, detrás de mí, añadió:

—Aunque poco te va a durar la engañifa, paloma.

Y cuando quise volverme a ver quién había proferido frase tan amenazadora como aquélla, Mercedes me ciñó con sus brazos, inmovilizándome como Bengoechea inmovilizaba a Tarrés en las veladas del Iris y reduciéndome a la impotencia defensiva, que no procreadora, como estuve a pique de demostrar precozmente.

—¿Quién anda ahí? —pregunté muerto de miedo.

Y de su escondrijo salió un negro fornido, lustroso y cubierto con un taparrabos de lamé, el cual, aprovechando mi inmovilidad, se acercó a mí, tanteó mis glúteos y dijo con palmario sarcasmo:

—Yo soy aquel negrito del áfrica tropical —y agregó haciendo restallar contra su piel aceitada el elástico del braslip— y te voy a demostrar las múltiples cualidades de este producto sin par.

—Yo no soy gay —grité recurriendo a la terminología al uso, de la que le hice enterado—. Tengo problemas, como todo el mundo, pero no soy lo que usted piensa. Bien es cierto que no tengo nada contra la gayez, salvo que repruebo el uso de un barbarismo habiendo en nuestra lengua tantos sinónimos idóneos, fenómeno en el que veo, por lo demás, no sólo el servilismo de nuestra cultura a lo foráneo, sino un cierto pudor a denominar a las cosas por su nombre.

Pero el negro había sacado de su abultado taparrabos un librito de bolsillo, del que leía con voz monótona un pasaje.

—Todos tenemos un cierto porcentaje de ambigüedad latente en nuestra personalidad —dijo resumiendo lo leído y guardándose el libro en la entrepierna—, que hemos de aprender a sobrellevar sin orgullo ni vergüenza. Ya ve usted, por ejemplo —dijo señalando el bulto del libro—, que lo que se dice de los negros es algo meramente cultural. Y perdone el juego de palabras fácil, pero el amor a la paradoja es inherente a las culturas poco complejas.

—Alucinaciones o no —dije desprendiéndome no sin pena del abrazo de Mercedes—, no me someterán ustedes a un sicoanálisis barato y tendencioso. Yo he venido aquí a resolver un caso, y eso pienso hacer con su permiso o sin él.

Y corrí hacia el otro extremo de la cripta en pos de una salida no tanto airosa como rápida. En mi carrera me iba preguntando qué se habría hecho de la pobre niña, a la que imaginaba vagando aún por los corredores del laberinto, cuando un topetazo con una superficie horizontal y dura me hizo volver a la realidad, si en ella estaba. Miré y vi que había chocado con una mesa baja, de patas de hierro y plancha de mármol, que recordaba en algo el mostrador de una pescadería, sobre la cual se distinguía la forma hierática y poco acogedora de un cadáver maciento. Di un respingo y aparté la vista, convencido de que había escapado de una alucinación para caer en manos de otra menos placentera si cabe que la anterior. Volví a mirar de soslayo para comprobar si el cadáver seguía allí y advertí con desmayo que así era. Y no sólo eso, sino que reconocí en el muerto al sueco ubicuo a quien había dejado sentado en una butaca de casa de mi hermana la víspera. Sus carnes, otrora firmes, daban muestras de ajamiento, de una blandura de estofado de pensión. Para acabarlo de arreglar, un sollozo velado salía de debajo de la mesa. Me acuclillé y vi a mi hermana agazapada y llorosa. Vestía un camisón desgarrado y sucio e iba desgreñada, descalza y sin pintar.

—¿Cómo has venido a parar a este lugar siniestro? —le pregunté apenado por las cuitas de que su aspecto daba fe.

—Tú me metiste en este lío —se lamentó ella—. Yo vivía feliz mientras tú vegetabas en el manicomio. Mamá siempre decía que tú...

—Para el carro, querida —atajé yo—. No todo lo que decía mamá ha de ser de preciso dogma. Cierto es que nos ayudaría mucho el que así fuera, pero ni el raciocinio ni la experiencia ulterior confirman su infalibilidad.

—... que tú —seguía diciendo mi hermana— me protegerías cuando papá y ella faltaran, y, como tú bien dices, su profecía no ha podido ser más errónea.

170

—Todos pagamos, admirada señorita —dijo el negro—, no tanto nuestras faltas cuanto los sambenitos de que una organización social anquilosada y timorata ha tenido a bien investirnos. Véame a mí, sin ir más lejos: siempre quise ser poeta y el prejuicio racial me compele a satisfacer las expectativas femeniles más rústicas. ¿No es así, mi amor?

—Habría sido un desperdicio que te hubieras puesto a componer sonetos, vida —dijo Mercedes lanzando miradas salaces a las protuberancias del calzón del poeta.

—Como diría el clásico —se lamentó éste—, ¡cuán largo me lo fiáis! Yo tenía talento. Ahora ya es tarde, pero pude haber sido alguien en el mundo de la farándula. ¿A quién estoy imitando? —atipló la voz y contoneó las caderas—: Ay, hija, cómo está el servicio, viven los cielos. ¿Se rinden? ¡Al alcalde de Zalamea! ¿Y saben éste? Van en un avión un francés, un inglés, un alemán y un español. ¿No? ¿Y el de que va Franco en un Biscuter? ¿Y el del Avecrem? Polifacético, en efecto, pero ¿de qué me ha servido? Me pisaron el papel de Fray Escoba.

—Ven, Cándida —le dije a mi hermana—, salgamos de aquí cuanto antes.

Y me metí debajo de la mesa con ánimo de llevar a cabo lo que anunciaba, pero Cándida me arañó la cara y me dio una patada en el plexo solar que me cortó el resuello.

—¿Por qué me tratas así? —acerté a preguntar antes de perder el conocimiento.

Capítulo XVIII

LA CASA DE LA MONTAÑA

Lo primero que oí al recobrar la conciencia fue una voz harto conocida que decía:

—Hermanas, cierren los ojos si no quieren ver el trasero de un hombre. Pueden aprovechar estos instantes de recogimiento para entonar un miserere por el alma de este infeliz.

Con un hilo de voz conseguí murmurar:

—¡Comisario Flores! ¿Cómo ha llegado usted aquí?

—No te muevas —dijo la también conocida voz del doctor Sugrañes— o te pincharé el prepucio. La luz es un tanto escasa y mi pulso no es lo que fue. ¿Le había contado alguna vez, comisario, que en mis tiempos gané un concurso de tiro de pichón? *Amateur,* claro —dijo pronunciando la palabra con acento francés.

Reparé que un coro numeroso me rodeaba: el comisario, el doctor Sugrañes, Mercedes y una hilera de monjas, entre las que reconocí a la superiora que me había visitado en el manicomio. La superiora sostenía en brazos a la niña cataléptica, cuyo camisón aparecía desgarrado en varios puntos. Pregunté cómo la habían encontrado.

—La tenías tú abrazada debajo de esta mesa,

charnego pedófilo —dijo el comisario Flores—, pero la cosa no pasó a mayores, según se desprende de las prospecciones digitales que acaba de practicar el doctor Sugrañes.

—Aún no me ha dicho cómo llegaron hasta aquí.

—Yo les llamé, siguiendo tus instrucciones —dijo Mercedes al tiempo que me bajaba los pantalones para que el doctor Sugrañes pudiera darme una inyección.

—¿Y el negro? —pregunté.

—No hay tal negro —dijo el doctor—. Has estado delirando, como de costumbre.

—¡Yo no estoy loco! —protesté.

—Eso es a mí a quien compete determinarlo —dijo el doctor con el tono profesional con que solía ocultar su irritación.

Sentí que me restregaban un algodón empapado en alcohol por el culo y me introducían un aguijón húmedo. Un sabor amargo me subió a la boca y un fogonazo cegó transitoriamente mis ojos. Cuando los abrí, el comisario Flores se frotaba un algodón por las manos y le decía a Mercedes:

—Tocar a este tío y pescar el tétanos es todo uno. Ya pueden abrir los ojos, hermanitas, que ha pasado el peligro carnal. Y, si lo desean, también pueden reintegrarse a sus aposentos. Aquí el doctor y un servidor de ustedes nos ocuparemos de todo. Cuando en derecho proceda, les informaré de lo que haya menester.

—¿Tendremos que declarar, comisario? —preguntó la superiora.

—Eso lo decidirá el juez.

—Lo digo porque, de ser así, habrá que tramitar

173

un permiso episcopal. Si antes, claro está, no derogan el concordato.

Fueron saliendo las monjitas y se llevaron a la niña. Nos quedamos solos en la cripta el comisario, el doctor Sugrañes, Mercedes y yo.

—También salía un cadáver en mis alucinaciones —dije al doctor—. Me alegro de saber que todo fue producto de mi fantasía.

—Por desgracia, chato —dijo el comisario—, lo del muerto no lo inventaste. Si levantas esa sábana, lo verás.

Y señaló un bulto macabro tendido en el suelo. Pedí una explicación.

—Todo se andará —dijo el comisario—. Pero, ya que estamos aquí, veamos adónde conduce este pasadizo —sacó una pistola del bolsillo trasero del pantalón y jugueteó con ella—. Síganme a cierta distancia y cúbranse lo mejor que puedan. Con las normas de austeridad del nuevo gobierno no me sobran ocasiones de practicar y no respondo de mi puntería. ¡Y pensar que de poco voy a la Olimpiada de Tokio!

—En este país —observó el doctor Sugrañes— el que destaca concita envidias. ¿Cómo te sientes?

—Puedo caminar —dije yo—, pero ¿no nos estaremos metiendo en otro laberinto?

—No parece que así sea —dijo el comisario desde el pasadizo—. Por lo demás, si es como el otro, me río yo de los laberintos.

—¿Por qué? —pregunté yo.

—Todos los corredores conducían a la cripta —explicó el doctor Sugrañes—. Seguramente cumplían un propósito sicológico: el de desalentar a quienes descubrieran la entrada del pasadizo. Pero el usuario no quiso arriesgarse a caer él mismo en

174

su propia trampa y se cuidó de que todos los caminos, como dice el refrán, llevaran a Roma.

Precedidos del comisario, dejamos la cripta y nos adentramos en el corredor que partía del extremo opuesto a aquel donde desembocaba el laberinto. El comisario llevaba una linterna cuyas pilas daban señales de inminente agotamiento. Detrás iba el doctor Sugrañes, que seguía enarbolando la jeringa, y yo cerraba la marcha apoyado en el hombro de Mercedes, pues me sentía débil y desanimado. Anduvimos un largo trecho en línea recta y nos detuvimos al oír que el comisario blasfemaba.

—Aquí hay unos escalones y no los he visto. De poco me parto el alma —exclamó—. Estas linternas que nos envían de Madrid no valen para nada. El pariente de algún ministro estará haciendo su agosto, seguro.

Subimos un tramo de escalones y topamos con una puerta de hierro. El comisario probó de abrirla y no pudo.

—Si tienen un alambre, yo la puedo abrir —propuse.

Mercedes me dio una horquilla que, desdoblada, me sirvió de ganzúa. Salvado el obstáculo, nos encontramos con una enorme sala llena de máquinas herrumbrosas y polvorientas. Al fondo de la sala había una compuerta y, frente a ella, un vagón desvencijado del que salió volando una bandada de murciélagos chillones. Mercedes reprimió a duras penas un alarido de espanto.

—¿Qué coño es esto? —dijo el comisario.

—Por las trazas —dijo el doctor Sugrañes—, un funicular en desuso.

—Veamos adónde conduce —dijo el comisario—. Tú, descerraja esta puerta.

No sin trabajo, logré liberar los mecanismos y resortes que cerraban la compuerta y pudimos correr las hojas metálicas, que se metieron en sendos huecos laterales. A la luz del amanecer vimos la ladera de una montaña entre cuyos matorrales discurrían los raíles del funicular.

—¿Andará este cacharro? —dijo el comisario sin dirigirse a nadie en particular.

—Voy a echar una ojeada —dijo el doctor Sugrañes—. Hoy día, con los adelantos de la medicina, los facultativos hemos de saber un poco de mecánica.

Se puso a golpear las máquinas mientras yo, un poco reanimado por el aire fresco de la montaña, le pedía al comisario que me diera las explicaciones prometidas.

—Esta señorita —dijo señalando a Mercedes, que se mostraba extrañamente hosca-—, a quien conocí seis años atrás y que, dicho sea de paso, ha cambiado mucho para bien, me llamó a las dos y media de la mañana y me puso al corriente de tus andanzas. Temeroso de que provocaras algún nuevo desaguisado, avisé al doctor Sugrañes, que se había ofrecido galanamente a cooperar conmigo en tu captura, y nos dirigimos al colegio, donde las monjas, puestas sobre aviso, nos acompañaron a la cripta para velar por que no pisáramos terreno bendecido. Exploramos el laberinto con ayuda de las velas de la capilla y descubrimos, como ya te ha dicho el doctor, que no era tal laberinto, sino un artificio para despistar a quienes se adentraran en él. El hecho de que luego desaparezca el laberinto puede deberse a que el pasadizo no tenía otro fin que facilitar la fuga desde la casa o que a medio construir se acabó el presupuesto. Sea como fuere, llegamos a la cripta y te encontramos debajo de la mesa donde yacía el cadáver, abrazado a una pobre niña cuyo camisón habías roto en tus estertores dementes.

El doctor Sugrañes gritó desde detrás de una turbina:

—¡Albricias! ¡Lo conseguí!

En efecto, el funicular se había puesto en marcha y los cuatro saltamos a la plataforma y ocupamos unos asientos cubiertos de polvo y caca de murciélago.

—Lo que no comprendo —dijo el comisario mientras el funicular avanzaba lentamente por entre pinos olorosos ladera arriba— es por qué no me comunicaste lo que habías descubierto y cuáles eran tus intenciones. Te habrías ahorrado mucho esfuerzo y algún que otro peligro.

—Quise demostrar —dije yo— que podía valerme por mí mismo.

—La desconfianza en el poder público es el mal endémico del país —sentenció el comisario.

—Tiene que ver —apuntó el doctor Sugrañes— con la relación paternofilial de la clase baja.

Miré de reojo a Mercedes, que no decía nada. Su cabeza, sus hombros y hasta la más notable parte de su estructura estaban abatidos. Parecía contemplar con desmedido interés la ciudad gris y neblinosa que se desplegaba por momentos a nuestros pies. Las farolas de las calles y la iluminación de los monumentos turísticos se extinguieron automáticamente con la claridad del alba. Sólo quedaron parpadeando unos anuncios luminosos de la Plaza Cataluña. En el puerto humeaba un paquebote y a lo lejos, en el mar, se distinguía la figura rectilínea de un portaaviones de la VI Flota. Pensé con tristeza que a mi hermana le habría alegrado la visión de tanto cliente potencial. Un grito me sacó de mis cábalas.

—¡Cuidado que nos damos una leche!

El funicular había llegado al final del trayecto y avanzaba ciegamente contra otra compuerta cerrada. Saltamos del vagón un instante antes de que éste se estrellara contra la pantalla de hierro que se le interponía. El funicular se hizo pedazos y volaron astillas y añicos, pero la compuerta cedió y la plataforma con ruedas siguió su marcha inexorable, arremetiendo contra otro equipo de motores, bobinas y trastos. Empezaron a correr chispas y rayos cárdenos iluminaron la sala de máquinas que pronto quedó convertida en un amasijo irreconocible.

—¡Buena la hemos hecho! —masculló el comisario sacudiendo de su traje de Maxcali la tierra y las briznas de hierba que había recogido al caer rodando por la montaña.

—Vamos a ver dónde estamos —sugirió pragmático el doctor Sugrañes.

Rodeamos la sala de máquinas y accedimos a un dulce prado que rodeaba una mansión. En la puerta de la mansión había una familia en ropa de cama, alertada por el estrépito. El comisario les pidió que se identificaran, cosa que hicieron diligentemente. Eran ciudadanos honestos que habían adquirido la mansión y el terreno circundante hacía diez años. Sabían de la existencia de la estación de funicular, pero jamás la habían utilizado ni sospechaban que tal cosa pudiera hacerse. Nos ofrecieron compartir con ellos su desayuno y desde la casa pudo el comisario llamar a un coche-patrulla que viniera en nuestra busca.

—No todas las pistas conducen necesariamente a un hallazgo espectacular —filosofó el comisario mientras sorbía el café con leche—. Así es la rutina de la policía.

El hijo menor de la familia lo miraba extasiado. A mí me querían servir el desayuno en la cocina, pero el doctor insistió en que no quería perderme de vista. Mi presencia enturbió un poco la festividad de la ocasión.

Capítulo XIX

EL MISTERIO DE LA CRIPTA, RESUELTO

Ya arracimados en el coche-patrulla y con rumbo a Barcelona, creí llegado el momento de aclarar los puntos oscuros que menudeaban en la cadena de acontecimientos por mí vividos.

—Por supuesto —empecé diciendo—, lo que me dio la clave del enredo fue el relato de Mercedes. Hasta ese momento no se me había ocurrido que el asunto del sueco y la desaparición de la niña pudieran estar relacionados. Ahora, en cambio, lo veo claro y, para que ustedes también lo vean así, empezaré por el principio.

»Es evidente que Peraplana estaba, y debe de estar aún, metido en negocios sucios: drogas, quizá, si no algo peor. Bastará, para dilucidar este punto, echar una hojeada a los libros mayores y menores, que los comerciantes ocultan con igual celo que las mujeres los labios homónimos. Hace seis años, seguramente al inicio de sus actividades delictivas, alguien descubrió la naturaleza de tales manejos o, sabiéndola de antiguo, amenazó con hacerla del dominio público. No excluyo la posibilidad de chantaje e incluso me inclino por ella. Sea como fuere, Peraplana o sus sicarios mataron al individuo en cuestión. Peraplana era y es todavía un hombre influyente, pero no tanto que pudiera escapar impune a un asesinato si éste se descubría, como sin duda estaba a punto de suceder. Decidió entonces ocultar el crimen con otro crimen de naturaleza tal que las autoridades se avinieran a darle carpetazo, enterrando inadvertidamente con uno el otro, al que este último había de parecer vinculado. Creo que me explico con claridad.

»Tenía a la sazón Peraplana a su única hija interna en un colegio de prosapia sito en una mansión que antaño le había pertenecido y de la que se desprendió por razones financieras que no hacen al caso. Esta propiedad, a su vez, había sido levantada por un tal Vicenzo Hermafrodito Halfmann, individuo de origen oscuro y misteriosas andanzas, radicado en Barcelona a raíz de la primera guerra mundial. V. H. H. dotó a la casa de un pasadizo secreto que disimuló de huesa y que conectaba su vivienda, vía funicular, con la mansión de la montaña, con fines que quisiera imaginar lascivos pero que intuyo políticos. Peraplana descubrió el pasadizo y la cripta, pero la casa de la montaña no le pertenecía y no supo qué destino dar a todo aquel aparato. Años más tarde, cometido ya el crimen, recordó el pasadizo y decidió aprovecharse de él, consciente de que las monjas ignoraban su existencia.

»Suministró a su hija, bien por medio de una monja aviesa, bien valiéndose de otro ardid, un estupefaciente, del que debió de proveerse en la empresa láctea que posee y que ésta usará, creo yo, para incrementar la aceptación de sus productos entre el consumidor. Transportó el cadáver a la cripta y, hecho esto, fue en busca de la niña, que ajena a todo dormía. El plan original consistía en que la policía, investigando la desaparición de aquélla descubriera el fiambre y, por no involucrar a una inocente en el escándalo, diera por sobreseídas las pesquisas. Lo complicó todo, claro está, la intromisión de Mercedes, que siguió sin ser vista a Peraplana y a la desventurada Isabel hasta la cripta. Tengo para mí que la droga suministrada a Isabel era de breve efecto y que, una vez en el laberinto, le dieron éter para que siguiera inconsciente. Mercedes aspiró el éter y fue víctima de ensoñaciones en las que se mezclaron realidad y deseo. A todos nos pasa, incluso sin éter, y no hay en ello ningún desdoro. Pero no por intoxicada dejó de descubrir el cadáver allí depositado y creyó, tal vez impulsada por secretos rencores, que Isabel lo había matado. No se imaginaba que pudiera haber otra persona en la cripta, pues, aunque la había visto, la había tomado por una enorme mosca, confundida por la mascarilla con la que Peraplana se protegía de los efluvios del éter. Las wambas, que tanto el muerto como Peraplana llevaban, ya que en aquella época eran un calzado corriente, coadyuvaron a cimentar su error. Llevada de su afecto por Isabel, Mercedes decidió asumir la responsabilidad del crimen que imputaba a su amiga y aceptó la propuesta de exilio que le hizo Peraplana, deseoso de desembarazarse de ella y de no complicar más las cosas con un nuevo asesinato.

»El plan había sido un éxito y Peraplana salió sano y salvo. Pero seis años más tarde, otro chantajista le obligó a repetir el crimen. Esta vez, sin embargo, Peraplana tenía más experiencia. Se cuidó de escamotear a la hija del dentista, con la colusión de éste, antes de ultimar a su víctima. Quizás entonces, y esto es sólo una conjetura, tuvo noticia de que yo me había hecho cargo del caso y pensó que bien podía prescindir de la cripta y colgarme a mí directamente el mochuelo, como vulgarmente se dice. Suponiendo con acierto que yo me pondría en contacto con mi hermana, dirigió a ella al sueco con el pretexto de que aquélla le daría el precio de su silencio. Mi hermana no supo cómo interpretar la actitud reclamante del sueco, pero, habituada a las excentricidades de una clientela poco selecta, no paró mientes en sus demandas. Desconcertado el sueco, fue tras de mí, como había proyectado Peraplana. En algún momento dio al sueco, que debía de ser un punto, drogas que supongo contendrían un veneno lento. El sueco vino a morir a mi cuarto y Peraplana, conchabado, pienso yo, con el portero tuerto del hotel, envió a la policía a pillarme *in fraganti*. Yo escapé a tiempo y la policía vino en mi pos, mientras Peraplana y el tuerto permutaban el cadáver a casa de mi hermana, donde lo encontramos de nuevo y donde por segunda vez logré burlar a un inspector algo venal. Puesto que existía yo, ya no tenía objeto seguir ocultando a la hija del dentista, y la devolvió a su cama como antes había hecho con Isabel. Al ver que yo me proponía investigar la cripta, Peraplana llevó allí al sueco y Dios sabe qué más habría hecho si la repentina y lamentable muerte de su hija no hubiera obnubilado su seso, sumiéndolo en el dolor. Yo, a mi vez, entré en la cripta, fui víctima del éter que habrían esparcido en espera de mi llegada y que la mala ventilación conservó, y es posible que su intervención oportuna, señores, me salvara de algún otro peligro. Y eso es todo.

Hubo una larga pausa que interrumpió el comisario Flores para preguntar:

—¿Y ahora qué?

—¿Cómo que qué? —dije yo—. El caso está resuelto.

—Eso es fácil de decir —dijo el comisario—. En la práctica, en cambio... —dejó colgando la frase, encendió un puro y me miró como si se dirigiera a una persona inteligente, cosa que hasta entonces nunca había hecho—. Te voy a exponer el problema sin tapujos. Ante todo, tenemos tu caso, que yo veo así: estás recién salido de un manicomio y buscado por lo que a continuación se enumera: ocultación de un delito, desacato a la autoridad, agresión a las fuerzas armadas, posesión y suministro de sustancias sicotrópicas, robo, allanamiento de morada, suplantación de personalidad, abusos deshonestos con una menor y profanación de sepulturas.

—No hice más que cumplir con mi deber —alegué débilmente.

—No sé qué pensará de eso el juez de instrucción. Sumando todas las atenuantes, no creo que salgas con menos de prisión mayor. Y no van a dar una nueva amnistía hasta dentro de cuarenta años.

Dio unas chupadas al puro y el doctor Sugrañes tosió en señal de protesta.

—Yo —prosiguió diciendo—, en mi calidad de funcionario, no puedo proponer nada. Una persona sensata e imparcial, en cambio, como el doctor Sugrañes, pongamos por caso, recomendaría que dejásemos las cosas como están. ¿Qué dice usted, doctor?

184

—Mientras no tenga que firmar nada —dijo el doctor Sugrañes—, me parece bien lo que usted diga.

—A mí, personalmente, llevar el caso adelante me da igual —añadió el comisario—, porque sólo me supondría unas horas extraordinarias que se pagan bastante bien. Pero, ¿y el follón, el papeleo, las comparecencias, las antesalas, los careos, las visitas? ¿No vale la tranquilidad un pequeño sacrificio, de vez en cuando? Y, a cambio de todo esto, ¿qué sacaríamos? Los muertos eran unos asquerosos chantajistas que recibieron su merecido. Has de saber, asimismo, que Isabel Peraplana no ha muerto. La muy burra ingirió tres optalidones, cinco tosiletas y dos supositorios de cibalgina con ánimo de matarse. Nada que un buen laxante no pueda curar. El número de la ambulancia era innecesario, pero ya sabes cómo se ponen los ricachos cuando les traiciona la salud: una jaqueca y se hacen ingresar en La Paz. ¿Qué será de la pobre chica si aireamos ahora las trapisondas de su padre? Y, en cuanto a esta señorita tan silenciosa y tan opulenta que llevamos en el coche, ¿no resultaría moralmente culpable de encubrimiento de homicidio? ¿En qué escándalos no se vería envuelta cuando se propagase que durante seis años la mantuvo un delincuente, ya a cambio de su complicidad, ya a cambio de otros favores que prefiero no especificar? Esta apetecible señorita está ahora, gracias a ti, libre de toda sospecha y el remordimiento por haber causado la muerte de Isabel se ha disipado con la noticia de su pronto restablecimiento. Nada le impide dejar atrás para siempre un exilio odioso y un pasado turbio y reintegrarse a la excitante vida barcelonesa, matricularse en Filosofía y Letras, hacerse trotsquista, abortar en Londres y vivir feliz. ¿Empañarás un futuro tan brillante con tu petulante ansia de notoriedad?

Miré a Mercedes, que tenía los ojos clavados en la ventanilla del coche. Como llevábamos un rato atascados en un semáforo y nada justificaba su dedicado escrutinio, deduje que no quería que yo le viera los ojos.

—Prométeme —dije al comisario Flores— poner en libertad a mi hermana y acepto el trato.

El comisario se rió de buen grado.

—¡Siempre has sido un ventajista! —dijo—. Te prometo hacer cuanto esté en mi mano. Ya sabes que en estos tiempos que corren no soy tan influyente como antes. Todo dependerá, en gran parte, del resultado de las elecciones.

—Está bien —dije sabiendo que había agotado mi fuerza negociadora.

El coche-patrulla arrancó, recorrió cincuenta metros y se volvió a parar.

—Creo, señorita —dijo el comisario dirigiéndose a Mercedes—, que usted se apea aquí. Si le gustan los toros, no deje de llamarme: tengo pase de barrera.

Mercedes se bajó del coche sin decir nada y vi desaparecer sus oníricas sandías entre la multitud. El comisario:

—Será un placer acompañarles al manicomio —y al chófer—. Ramón, prueba por el cinturón de ronda y si también está mal, pon la sirena.

Con dos hábiles maniobras, el chófer salió del tapón y pronto recorrimos las calles a gran velocidad. Comprendí que una vez negociado mi asentimiento a las propuestas del comisario, no había ya razón alguna para que nos demorase el tráfico. Vi pasar por la ventanilla aceleradamente casas y más casas y bloques de viviendas y baldíos y fábricas apestosas y vallas pintadas con hoces y martillos y siglas que no entendí, y campos mustios y riachuelos de aguas putrefactas y tendidos eléctricos enmarañados y montañas de residuos industriales y barrios de chalets de sospechosa utilidad y canchas de tenis que se alquilaban por horas, siendo más baratas las de la madrugada, y anuncios de futuras urbanizaciones de ensueño y gasolineras donde vendían pizza y parcelas en venta y restaurantes típicos y un anuncio de Iberia medio roto y pueblos tristes y pinares. Y yo iba pensando que, después de todo, no me había ido tan mal, que había resuelto un caso complicado en el que, por cierto, quedaban algunos cabos sueltos bastante sospechosos, y había gozado de unos días de libertad y me había divertido y, sobre todo, había conocido a una mujer hermosísima y llena de virtudes a la que no guardaba ningún rencor y cuyo recuerdo me acompañaría siempre. Y pensé que quizá pudiera aún recomponer el equipo y ganar la liga local y enfrentarnos este año por fin a los esquizos del Pere Mata y aun arrebatarles la copa, con un poco de suerte. Y recordé que había una oligofrénica nueva en el pabellón sur que no me miraba con malos ojos, y que la esposa de un candidato de Alianza Popular había prometido regalar una tele en color al manicomio si su marido ganaba las elecciones, y que por fin podría darme una ducha y, ¿quién sabe?, tomarme una Pepsi-Cola si el doctor Sugrañes no estaba enojado conmigo por haberle metido en la aventura del funicular, y que no se acaba el

mundo porque una cosa no salga del todo bien, y
que ya habría otras oportunidades de demostrar
mi cordura y que, si no las había, yo sabría bus-
cármelas.

ÍNDICE

ÍNDICE

Impreso en el mes de mayo de 1999
en Romanyà/Valls
Plaça Verdaguer, 1
08786 Capellades
(Barcelona)